商務普通話

進階篇

dú jù huì yǎn
獨具慧眼

jīng shen
精神

yìn háng
銀行

yán fā
研發

前言

　　近年來，隨着中國經濟的持續快速發展，香港與內地的貿易交往日益密切。與此同時，普通話在香港正逐步成為重要的商務語言之一。香港人對商務普通話的學習需求也非常迫切。近年來，香港已經出版了很多有關商務普通話的教材，但是這些教材在許多方面都存在着進一步探索與提高的空間。我們幾位香港大學漢語中心的老師受萬里機構出版有限公司的委託，編寫了這一套商務普通話教材。

　　本套教材共三冊，每冊由十二課組成。

　　每課分八個部分。

　　第一部分：背景與對話。此部分務求為普通話學習者提供一個真實的商務活動場景和一段實用的交際對話，使學習者在真實自然的的普通話語境中，熟悉不同專題和場合的相關語彙和表達。

　　第二部分：語音知識和語音練習。此部分系統介紹了《漢語拼音方案》及相關的語音知識和拼讀規則，語音練習由淺入深，循序漸進，便於學習者快速掌握普通話的正確發音。

　　第三部分：容易讀錯的詞和字。此部分強調了粵方言區的人說普通話時，容易讀錯的字和詞。為香港地區的學習者而設計的普通話語音、字和詞的針對性訓練。

　　第四部分：普通話詞彙及知識點。此部分為香港人提供快速、準確兼實用的普通話詞彙及句型。

　　第五部分：小笑話。此部分的目的是提醒一下香港的學習者，如果他們的普通話發音不標準，就容易發生誤會甚至鬧笑話。

第六部分：關鍵句型朗讀。此部分旨幫助學習者熟悉並模仿與每課話題有關的實用句型，以提高學習者在實際場合中的語言運用能力。

第七部分：回答問題。此部分類比了每課話題所涉及的相關場景，並以問答的形式，方便學習者代入角色、互相練習。

第八部分：延伸閱讀。此部分旨在讓學生瞭解更多與主題相關的背景知識，並且通過閱讀短文來改善自己的普通話詞彙。

本書為第二冊。又經過了一年多的努力，我們再次深入香港社會，考察並記錄了在香港各個商務環境中所需要的普通話語料，編寫出這本針對香港方言地區所需要的教材。《商務普通話·進階篇》不但糾正了香港人在普通話發音、詞彙、語法等方面容易犯的錯誤，而且能夠更快速、有效地為學習者提供完成交際任務的有效句型和對話。本書希望讓繁忙的香港打工族在時間就是金錢的社會中順利地達到交際目的，完成公司委派的任務。

最後，我們要感謝香港大學中文學院的余庭鋒先生為本書提供了不少粵語方面的意見，並且協助後期錄音工作。

《商務普通話》編寫組
於香港大學百周年校園逸夫教學樓

目錄

掃描此二維碼，可下載全書錄音文檔
和練習答案。

第一課

介紹公司

介紹公司

▶ 背景 ◀

飛躍創新科技有限公司，是全球領先的無人飛行器控制系統及無人機解決方案的研發和生產商，客戶遍佈全球 100 多個國家。通過持續的創新，飛躍公司致力於為無人機工業、行業用戶以及專業航拍應用，提供性能最強、體驗最佳的革命性智慧飛控產品。今天，公司投資部的陳總監在投資簡介會上，給各國的投資者介紹公司的發展狀況及未來展望。

▶ 對話 ◀

01-00.mp3

chén zǒng jiān
陳總監：

dà jiā hǎo wǒ shì shēn zhèn shì fēi yuè chuàng xīn
大家好！我是深圳市飛躍創新

kē jì yǒu xiàn gōng sī de tóu zī bù zǒng jiān chén
科技有限公司的投資部總監陳

lì jīn tiān hěn róng xìng néng zài zhè lǐ wéi dà jiā
麗，今天很榮幸能在這裡為大家

jiè shào wǒ men gōng sī de fā zhǎn zhuàng kuàng
介紹我們公司的發展狀況

yǐ jí wèi lái zhǎn wàng shǒu xiān wǒ xiān lái
以及未來展望。首先，我先來

jiè shào yí xià wǒ men gōng sī fēi yuè de zǒng
介紹一下我們公司。飛躍的總

bù wèi yú shēn zhèn yǐ wèi lái wú suǒ bù néng
部位於深圳，以「未來無所不能」

wéi zhǔ zhǐ lǐ niàn zhì lì chéng wéi quán qiú fēi
為主旨理念，致力成為全球飛

行影像系統的先驅。我們公司是2008年創立的，目前全球員工人數超過12000人，客戶遍佈全球一百多個國家和地區。我們的產品線涵蓋高端無人機以及專業航拍飛行平台。各位有什麼問題嗎？

投資者甲：請問，你們公司去年的銷售額是多少？淨利潤是多少？

陳總監：按照中國的會計準則，我們公司去年的銷售額為25億人民幣，淨利潤為7億人民幣。

投資者乙：請問，你們公司未來有什麼發展戰略？

陳總監： 我們在研發實驗室裡，已經儲備了未來3年的最新科技。我們始終堅持創新和原創的理念，並且對產品的研發規劃十分超前和嚴苛。飛躍公司堅持做到每推出的一款新產品，都具有比市場上同類型產品更強大、更穩定的性能。我們一直相信只有通過不斷地輸出更好的產品和技術，才能成為行業的領導者。

一、語音知識：漢語拼音正詞法（一）──詞語連寫規則（1）

漢語拼音正詞法是使用《漢語拼音方案》來拼寫現代漢語的規則。其內容主要包括有詞語連寫規則，人名地名和專名的拼寫規則，以及標調和移行規則等。本課將介紹詞語連寫的部分規則。

1. 普通話的拼寫基本上以詞為單位連寫，例如：

   天 (tiān)　　　　　地 (dì)　　　　　人 (rén)
   國家 (guójiā)　　　朋友 (péngyou)　　老師 (lǎoshī)

2. 表示一個整體概念的雙音節詞和三音節詞要連寫，例如：

   公司 (gōngsī)　　　　　　　學校 (xuéxiào)
   會議 (huìyì)　　　　　　　　對不起 (duìbuqǐ)
   小學生 (xiǎoxuéshēng)　　　圖書館 (túshūguǎn)

3. 表示一個整體概念的四音節以上的名稱要按詞分寫，不能
   按詞劃分的要全部連寫，例如：

   香港大學 (Xiānggǎng Dàxué)　特區政府 (tèqū zhèngfǔ)
   保險公司 (bǎoxiǎn gōngsī)　　紅十字會 (hóngshízìhuì)
   研究生院 (yánjiūshēngyuàn)　經濟學家 (jīngjìxuéjiā)

4. 單音節詞重疊的要連寫；雙音節詞重疊的要分寫。例如：
   如果是 AABB 結構的重疊，要在 AA 和 BB 當中加短橫。
   例如：

   時時刻刻 (shíshí-kèkè)　　　家家戶戶 (jiājiā-hùhù)
   來來往往 (láilái-wǎngwǎng)

5. 為了方便理解和閱讀，有些詞語之間在必要時也可加短
   橫。例如：

   中小學 (zhōng-xiǎoxué)　　　十八九歲 (shíbā-jiǔ suì)
   兩三個人 (liǎng-sān ge rén)

二、語音練習

1. 請按照漢語拼音正詞法的規則寫出下列詞語的拼音：

同事 ＿＿＿＿＿＿＿＿＿　　　大學生 ＿＿＿＿＿＿＿＿＿

古生物學家 ＿＿＿＿＿＿＿＿＿　　　想想 ＿＿＿＿＿＿＿＿＿

討論討論 ＿＿＿＿＿＿＿＿＿　　　四五十歲 ＿＿＿＿＿＿＿＿＿

2. 請在下列詞語中用 L 標識連寫的詞，用 F 標識分寫的詞：

微波爐（　　）　　　　女教練（　　）

涼快涼快（　　）　　　瞭解瞭解（　　）

商業中心（　　）　　　小提琴手（　　）

三、容易讀錯的詞和字　🎧 01-03.mp3

chūn tiān 春 天	——	qín cháo 秦 朝
xùn sè 遜 色	——	shùn lì 順 利
ān hǎo 安 好	——	liú hàn 流 汗
gǎn jí 趕 集	——	gàng gǎn 槓 桿
kàn shū 看 書	——	kǎn kǎn ér tán 侃 侃 而 談
shēn zhèn 深 圳	——	xīn lǐ 心 理
fēi yuè 飛 躍	——	huī huò 揮 霍

xiān qū 先 驅	——	xián jū 閒 居
lèi xíng 類 型	——	léi yǔ 雷 雨
kāi huì 開 會	——	kuài jì 會 計

四、普通話詞彙及知識點

1. 廣東話的「岳高頭」，普通話應說成「仰起頭」。

   例如：（廣東話）你岳高頭，我睇吓。

   　　　（普通話）你仰起頭，我看一下。

2. 廣東話的「焗」、「作嘔」，普通話應說成「悶」和「噁心、想吐」。

   例如：（廣東話）呢度好焗，我有 D 想作嘔。

   　　　（普通話）這裡這麼悶，我有點兒噁心、想吐。

3. 廣東話的「手信」，普通話應說成「伴手禮」或「小禮物」。

   例如：（廣東話）呢 D 係我係澳洲帶返嚟嘅手信。

   　　　（普通話）這些是我從澳洲帶回來的小禮物。

4. 廣東話的「花生友」，普通話應說成「吃瓜群眾」。

   例如：（廣東話）呢件事你自己搞定，我就係花生友啦。

   　　　（普通話）這件事你自己搞定吧，我就當吃瓜群眾。

5. 廣東話的「頭皮」，普通話應說成「頭屑」。

例如：（廣東話）你件西裝上有好多頭皮呀！

（普通話）你的外套上有好多頭屑啊！

五、小笑話 🎧 01-05.mp3

甲： 你為什麼成日足眼？

乙： 我沒有手足口病。

甲： 我不是說手足口病，我是說你為什麼老這樣。

乙： 噢！原來你是問我幹嗎老揉眼睛，我告訴你吧，剛才有個東西吹進我眼睛了，所以現在我眼睛有點兒癢癢。

甲： 我帶你去萬寧買眼藥水吧。

乙： 好啊！謝謝你。

六、聽錄音，朗讀句子。 🎧 01-06.mp3

1. rén cái hé zì zhǔ zhī shi chǎn quán shì mù qián zuì jǐn qiào de
人 才 和 自 主 知 識 產 權 是 目 前 最 緊 俏 的
zī yuán
資 源。

2. zhè tiáo shēng chǎn xiàn de jìng lì rùn kě yǐ dá dào
這 條 生 產 線 的 淨 利 潤 可 以 達 到 30%。

3. xià mian wèi dà jiā jiè shào yí xià zhè ge xiàng mù de fā
下 面 為 大 家 介 紹 一 下 這 個 項 目 的 發
zhǎn zhuàng kuàng yǐ jí wèi lái zhǎn wàng
展 狀 況 以 及 未 來 展 望。

4. xīn qǐ yè zhǐ yǒu lìng pì xī jìng cái néng zài jī liè de jìng zhēng
新 企 業 只 有 另 闢 蹊 徑，才 能 在 激 烈 的 競 爭

zhōng shēng cún xia lai
中　生　存下來。

5.
gōng sī zài chéng lì yì nián zhī nèi biàn niǔ kuī wéi yíng le
公司在成立一年之內便扭虧為盈了。

6.
chú le jiāng guó nèi yè wù zuò dà zuò qiáng　gōng sī yě zài jī
除了將國內業務做大做強，公司也在積
jí kāi tuò hǎi wài shì chǎng
極開拓海外市場。

7.
chuàng yè jiē duàn de tuán duì zǒng shì chōng mǎn huó lì
創業階段的團隊總是充滿活力。

8.
cháng yuǎn fā zhǎn kào de bù shi jià gé zhàn ér shì yán gé de
長遠發展靠的不是價格戰，而是嚴格的
pǐn kòng
品控。

9.
xīn kāi fā de píng tái yǐ jing wán chéng le xīn yì lún róng zī
新開發的平台已經完成了新一輪融資。

10.
wǒ men bù jǐn yào zuò tóng lèi chǎn pǐn zhōng de jiǎo jiǎo zhě ér
我們不僅要做同類產品中的佼佼者，而
qiě xī wàng chéng wéi háng yè biāo gān
且希望成為行業標桿。

七、請回答下列問題。

1. 創業公司通常具備哪些優勢？

2. 你所在的公司主營什麼業務？

3. 你覺得相比競爭對手，你們最大的優勢在哪兒？

4. 請用三句話説明你目前項目的投資前景。

5. 作為一家傳統紙媒的負責人，你如何在電子化的衝擊下
生存？

6. 科技產業日新月異，這類企業如何長久生存？
7. 如果你是投資方，你會從哪些方面考慮項目的可操作性？
8. 當你宣傳公司業務時，最先要說明的是哪方面的信息？
9. 如果企業尚未實現盈利，你應從什麼角度來描述公司的財務狀況？
10. 大數據可以給互聯網公司帶來怎樣的幫助？

八、延伸閱讀

高科技人才需求殷切

現今全球十大市值最高、賺錢能力最強的企業中有七間是創科公司，其中谷歌、面書等科技巨企在一年之間就花費了 85 億美元做為研究經費。這些科創公司不斷收購並且網羅 AI 等創科範疇的人才。金融巨擘摩根大通今年在亞太區招聘會上就招聘了近四成主修科學、工程等 STEM 專業的畢業生。據 Robert Half 香港的研究，創科類職位如雲端運算工程師等需求越來越大，一年的薪酬升幅可達 16.2%。

據香港的大學聯校就業資料庫數據顯示，今年首五個月資訊科技、電訊、科技產業的全職畢業職位空缺最多，比銀行業或金融服務業多超過三成。JobsDB 也指資訊科技已連續三年成為加薪幅度最高的工種之一。這些數據都顯示高科技人才需求高、待遇好，有更多找工作的好機會。

第二課

博覽會

》 背景 《

上海理財博覽會被譽為金融行業的年度盛會,是上海市一張
亮麗的金融名片。今年的上海理財博覽會將會在上海展覽中
心舉行。經過了 16 年的發展,上海理財博覽會的展出規模、
參展人數和社會影響力等目前在國內金融理財展會中都是名
列前茅的。施清青是耀龍展覽有限公司的項目經理。現在,
他正在給參展商介紹今年博覽會的情況。

》 對話 《   02-00.mp3

shī qīng qīng
施 清 青:

dà jiā hǎo wǒ shì yào lóng zhǎn lǎn yǒu xiàn
大 家 好!我 是 耀 龍 展 覽 有 限

gōng sī de shī qīng qīng jīn tiān wǒ huì wèi dà
公 司 的 施 清 青。今 天 我 會 為 大

jiā jiè shào yí xià jīn nián shàng hǎi lǐ cái bó
家 介 紹 一 下 今 年 上 海 理 財 博

lǎn huì de qíng kuàng
覽 會 的 情 況。

cān zhǎn shāng jiǎ
參 展 商 甲:
xìng huì wǒ shì zhōng guó yín háng de dài biǎo
幸 會!我 是 中 國 銀 行 的 代 表。

cān zhǎn shāng yǐ
參 展 商 乙:
nín hǎo wǒ shì píng ān bǎo xiǎn de dài biǎo
您 好!我 是 平 安 保 險 的 代 表。

cān zhǎn shāng bǐng
參 展 商 丙:
nín hǎo wǒ shì ruì shì yín háng de dài biǎo
您 好!我 是 瑞 士 銀 行 的 代 表。

施清青：經過了16年的發展，上海理財博覽會已經成為目前國內展出規模最大、參展人數最多的金融理財展會。去年的理財博覽會吸引了來自於銀行、保險、證券、期貨、信託、外匯、黃金、財富管理及新金融近200家海內外知名企業參展，展出面積超過20000平方米，吸引了約二十萬名投資者現場參觀，創下了歷史新高。

參展商甲：你們預計在當前中國經濟增速趨緩的大背景下，中小企業主及個人投資者會來上海參觀這次的博覽會嗎？

施清青：
會的。他們會來到博覽會學習
和尋找投資理財的新方式和新
標的。

參展商乙：
過去的參展企業和廣大投資
者對展會給予了什麼評價？

施清青：
他們給予了高度評價，另外百
餘家媒體對展會也進行了充
分的報導。

參展商丙：
您能不能介紹一下你們公司
的背景？

施清青：
好的。我們公司隸屬荷蘭皇
家集團，早在1917年就開始在歐
洲主辦貿易展覽會。公司以
挖掘潛在客戶為宗旨，為客戶提

gōng duō yàng huà de huó dòng fāng àn　　jiāng
供 多 樣 化 的 活 動 方 案 ，　將

kè hù lì yì dìng yì wéi　yǐ zuì dī chéng běn
客 戶 利 益 定 義 為「以 最 低 成 本

wā jué zuì duō de qián zài shāng jī
挖 掘 最 多 的 潛 在 商 機」。

一、語音知識：漢語拼音正詞法（二）──詞語連寫規則（2）

本課將繼續介紹漢語拼音正詞法中有關詞語連寫的部分規則。

1. 十二個月份和星期的七天都要連寫，但是年、月、日（號）和時（點）、分、秒要與數詞分寫。例如：

   正月 (zhēngyuè)　　　　　臘月 (làyuè)
   九月 (jiǔyuè)　　　　　　星期一 (xīngqīyī)
   星期五 (xīngqīwǔ)　　　　星期天 (xīngqītiān)
   2018 年 7 月 6 日 (2018 nián 7 yuè 6 rì)
   三點四分十秒 (3 diǎn 4 fēn 10 miǎo)

2. 動詞及其後的助詞「着」、「了」、「過」要連寫。例如：

   看着 (kànzhe)　　　　　　說着 (shuōzhe)
   聽着 (tīngzhe)　　　　　　吃了 (chīle)
   買了 (mǎile)　　　　　　　走了 (zǒule)
   來過 (láiguo)　　　　　　　去過 (qùguo)
   玩兒過 (wánrguo)

3. 單音節的動詞和形容詞一般要與其後的單音節補語連寫，
   其餘要分寫。例如：

   餓死 (èsǐ)　　　　　　　坐好 (zuòhǎo)

   留下 (liúxia)　　　　　　打起來 (dǎ qilai)

   修理好 (xiūlǐ hǎo)　　　　走出去 (zǒu chuqu)

4. 一百以內的數字要連寫。例如：

   十三 (shísān)　　　　　四十四 (sìshísì)

   六十八 (liùshíbā)　　　　十五 (shíwǔ)

   七十一 (qīshíyī)　　　　九十九 (jiǔshíjiǔ)

   注意 1：個位數字和「百」、「千」要連寫；數字和「萬」、
   　　　　「億」要分寫。例如：

   　　　　十億零四萬八千六百五十四 (shí yì líng sì wàn
   　　　　bāqiān liùbǎi wǔshísì)

   注意 2：表示序數的詞綴「第」、「初」與其後的數詞之間
   　　　　要加短橫。例如：

   　　　　第十八 (dì-shíbā)　　　　第三十六 (dì-sānshíliù)

   　　　　第八十四 (dì- bāshísì)

5. 表示分數的「分之」要連寫，表示小數的「點」要與數詞
   分寫，表示約數的兩個數詞之間要加短橫。比如：

   二分之一 (èr fēnzhī yī)

   四又三分之二 (sì yòu sān fēnzhī èr)

   三點兒一四 (sān diǎnr yī sì)

十八點兒·七六 (shíbā diǎnr qī liù)

五六歲 (wǔ-liù suì)　　　　七八個人 (qī-bā ge rén)

二、語音練習

1. 請按照漢語拼音正詞法的規則寫出下列詞語的拼音：

三月 _____	星期六 _____
路過 _____	唱起來 _____
八十八 _____	三分之一 _____

2. 請在下列詞語的拼音中適當的地方加上短橫：

第二十五 (dì èr shí wǔ)　　　　初八 (chū bā)

七八里路 (qī bā lǐ lù)　　　　小微企業 (xiǎo wēi qǐ yè)

三、容易讀錯的詞和字　02-03.mp3

wàn biàn 萬 變	——	màn mānr 慢　慢
yí shùn jiān 一 瞬 間	——	xìn jiàn 信 件
kàn shū 看 書	——	kān hái zi 看 孩 子
gān jìng 乾 淨	——	gàn huó 幹 活
qián kūn 乾 坤	——	qián bì 錢 幣

ōu zhōu 歐 洲	——	ào zhōu 澳 洲
zhǎn lǎn 展 覽	——	jiǎn dāo 剪 刀
bó lǎn huì 博 覽 會	——	bó hòu 薄 厚
qū huǎn 趨 緩	——	qū yù 區 域
lì yì 利 益	——	dìng yì 定 義

四、普通話詞彙及知識點

1. 廣東話的「起樓」，普通話應説成「蓋樓房」。

   例如：（廣東話）前邊個達地就嚟起樓。

   （普通話）前邊那塊地就快要蓋大樓了。

2. 廣東話的「家俬」，普通話應説成「傢具」。

   例如：（廣東話）今次嘅家俬展，有好多參展廠商。

   （普通話）這次的傢具展，有很多參展廠商。

3. 廣東話的「肚腩」，普通話應説成「（大 / 小）肚子」。

   例如：（廣東話）你睇嚇你嘅大肚腩，快 D 減肥啦！

   （普通話）你看看你的大肚子，快點兒減肥吧！

4. 廣東話的「心淡」，普通話應説成「心灰意冷」。

例如：（廣東話）我對今年產品的銷量有 D 心淡。

（普通話）我對今年產品的銷量有點兒心灰意冷。

5. 廣東話的「撇」，普通話應説成「走 / 溜」。

例如：（廣東話）冇乜嘢做就快 D 撇啦！

（普通話）沒什麼活兒幹就早點兒走吧！

五、小笑話 🎧 02-05.mp3

甲：　請問，「買燈籠」在哪裡？

乙：　買燈籠？現在不是中秋節，你買燈籠幹嗎？

甲：　我不是「買燈籠」，我要吃「買燈籠」。

乙：　哦！你要吃麥當勞，就在前邊有一家。

六、聽錄音，朗讀句子。 🎧 02-06.mp3

běn rén fēi cháng róng xìng cān yù yì nián yí dù de shèng huì
1. 本人非常榮幸參與一年一度的盛會。

qǐng nǐ qù qiāo dìng zhè jǐ jiā yǒu cān zhǎn yì yuàn de jī gòu
2. 請你去敲定這幾家有參展意願的機構。

dà háng qíng bù jǐng qì duì wǒ men yǒu yí dìng de yǐng xiǎng
3. 大行情不景氣對我們有一定的影響。

gè rén tóu zī zhě duì jí jiāng kāi mù de bó lǎn huì rè qíng
4. 個人投資者對即將開幕的博覽會熱情
gāo zhǎng
高漲。

5. 抱歉，內場只對業內人士開放。
bào qiàn nèi chǎng zhǐ duì yè nèi rén shì kāi fàng

6. 除了專業報道，展會也受到了不少大
chú le zhuān yè bào dǎo zhǎn huì yě shòu dào le bù shǎo dà
眾媒體的關注。
zhòng méi tǐ de guān zhù

7. 展會為期兩日，預計將有十萬人次入場
zhǎn huì wéi qī liǎng rì yù jì jiāng yǒu shí wàn rén cì rù chǎng
參觀。
cān guān

8. 中小企業紛紛從不同展位尋到了
zhōng xiǎo qǐ yè fēn fēn cóng bù tóng zhǎn wèi xún dào le
商機。
shāng jī

9. 無論展會規模還是參展人數，上海理財
wú lùn zhǎn huì guī mó hái shì cān zhǎn rén shù shàng hǎi lǐ cái
博覽會都是空前的。
bó lǎn huì dōu shì kōng qián de

10. 我們今年希望爭取到比較醒目的
wǒ men jīn nián xī wàng zhēng qǔ dào bǐ jiào xǐng mù de
攤位。
tān wèi

七、請回答下列問題。

1. 理財博覽會通常有哪幾類參展商？

2. 在上海舉辦的大型博覽會與香港的有什麼不同？

3. 在展會上你如何與潛在客戶建立有效聯繫？

4. 在展會期間舉辦免費的科普性講座，聽眾會得到很大收益嗎？
5. 請從主辦方的角度，邀請一間海外金融機構參展。
6. 你覺得怎樣的博覽會才值得參加？
7. 說說你所在領域的博覽會通常有哪些同期活動？
8. 你覺得應該如何安排高端展會的配套餐飲服務？
9. 個人投資者可以通過理財博覽會獲取哪些訊息？
10. 假設你們公司的展位很偏僻，有什麼補救方法？

八、延伸閱讀

博覽會

中國 2010 年上海世界博覽會（Expo 2010 Shanghai China），簡稱上海世博會，是第 41 屆世界博覽會，於 2010 年 5 月 1 日至 10 月 31 日在中國上海舉行。該世博會是中國首次舉辦的綜合性世界博覽會，也是首次由發展中國家主辦的世博會，共有 256 個國家、地區、國際組織參展，吸引世界各地 7308 萬人次參觀者前往。該世博會主題為「城市，讓生活更美好（Better City, Better Life）」，雖經歷全球經濟危機，但目前最新資料顯示，中華人民共和國政府在上海世博會的總投資額達 450 億美元，是史上最大規模的世界博覽會，遠超 2008 年於北京舉辦的第 29 屆奧運會。

資料來源：維基百科
https://zh.wikipedia.org/wiki/ 中國 2010 年上海世界博覽會

第三課

送禮

送禮

》 背景 《

中國自古以來就是禮儀之邦，人們往來時崇尚禮數，而禮物，
則成為人們相互之間表達感情，增進情誼的重要載體。中國
人送禮崇尚「禮輕情意重」。禮物的價值在於恰當地表達情
意，所以不能單純用金錢來衡量，也就是説，禮物不是越貴
越好，而是要「投其所好」。張疏影是恒生私人銀行的客戶
經理。今天她要去山頂探訪一位大客戶。

》 對話 《  03-00.mp3

wú lǎo bǎn
吳老闆：　　　zhāng jīng lǐ hǎo　qǐng zuò
張 經理好！請坐。

zhāng jīng lǐ
張 經理：wú lǎo bǎn hǎo　nín hái shi nà me jīng shen
吳老闆 好！您還是那麼精神。

wú lǎo bǎn
吳老闆：nǎ li　zuì jìn qù le yí tàng ōu zhōu dù jià　zài yì
哪裡！最近去了一趟歐洲度假，在意

dà lì nà li xiū xi le jǐ tiān
大利那裡休息了幾天。

zhāng jīng lǐ
張 經理：tài hǎo le　wǒ jīn tiān tè yì lái bài fǎng nín shì xiǎng
太好了！我今天特意來拜訪您是想

sòng xiē héng shēng yín háng de xiǎo lǐ wù
送 些恒 生 銀行的小禮物。

wú lǎo bǎn
吳老闆：má fan nín le　hái tè yì pǎo yí tàng
麻煩您了，還特意跑一趟。

張 經理：沒事兒，這是我應分的。這件禮物是我們銀行專門兒給貴賓印製的年曆和筆記本，希望吳老闆運籌帷幄，今年繼續賺大錢。

吳老闆：借您吉言。老實說，今年的環球經濟前景不太明朗，在投資方面我們公司會謹慎一些。

張 經理：吳老闆向來獨具慧眼，投資有道。去年您在我們銀行買了五千萬港幣的美國科技股基金，今年這隻基金漲了3倍，真得恭喜您。

吳老闆：謝謝您給我推薦了這隻基金，要不現在通貨膨脹那麼厲害，我手頭上的現金還不得貶值了。

送禮

zhāng jīng lǐ　wèi le gǎn xiè nín zài wǒ men yín háng mǎi jìn le nà
張　經　理：為了感謝您在我們銀行買進了那

me duō de jī jīn héng shēng yín háng tè yì yòng
麼多的基金，恒　生　銀　行　特意用999

zú jīn wèi nín zhù zào le zhè ge jīn cái shén　　xī
足金為您鑄造了這個金財神，希

wàng nín xiào nà
望　您笑納。

wú lǎo bǎn　hē　hái sòng wǒ zhè me míng guì de lǐ wù na　nà
吳老闆：呵！還送我這麼名貴的禮物哪。那

wǒ jiù bǎ tā bǎi fàng zài kè tīng ba
我就把它擺放在客廳吧。

zhāng jīng lǐ　hǎo de　wǒ bāng nín fàng hǎo　yù yì nín cháng cháng
張　經　理：好的，我幫您放好。寓意您長　長

jiǔ jiǔ huáng jīn mǎn wū
久久黃金滿屋。

一、語音知識：漢語拼音正詞法（三）──詞語連寫規則（3）

本課將繼續介紹漢語拼音正詞法中有關詞語連寫的部分規則。

1. 方位詞要與前面的名詞分寫。例如：

椅子上 (yǐzi shang)　　　　公園裡 (gōngyuán li)

運動場上 (yùndòngchǎng shang)

電梯旁邊兒 (diàntī pángbiānr)

2. 形容詞要與後面的「些」、「一些」、「點兒」、「一點兒」等分寫。例如：

好些 (hǎo xiē)　　　　　少一些 (shǎo yìxiē)

慢點兒 (màn diǎnr)　　　快一點兒 (kuài yìdiǎnr)

3. 代詞「這」、「那」、「哪」、「各」、「每」、「某」、「本」、「該」等要和後面的詞分寫。例如：

這時候 (zhè shíhou)　　　那位先生 (nà wèi xiānsheng)

哪家餐廳 (nǎ jiā cāntīng)　各位朋友 (gè wèi péngyou)

每天 (měi tiān)　　　　　某人 (mǒu rén)

本公司 (běn gōngsī)　　　該企業 (gāi qǐyè)

注意：「這」、「那」、「哪」要和「些」、「麼」、「樣」、「般」、「裡」、「邊」、「會兒」、「個」連寫。例如：

這些 (zhèxiē)　　　　　那麼 (nàme)

哪樣 (nǎyàng)　　　　　這般 (zhèbān)

那裡 (nàli)　　　　　　哪邊 (nǎbiān)

這會兒 (zhèhuìr)　　　　那個 (nàge)

4. 虛詞與要其他詞語分寫。例如：

很熱 (hěn rè)　　　　　非常好 (fēicháng hǎo)

生於 1990 年 (shēng yú 1990 nián)

關於這件事兒 (guānyú zhè jiàn shìr)

溫暖而濕潤 (wēnnuǎn ér shīrùn)

老闆和員工 (lǎobǎn hé yuángōng)

慢慢兒地走 (mànmānr de zǒu)

踢得太棒了 (tī de tài bàng le)

你知道嗎 (nǐ zhīdao ma)？

啊！太厲害啦！(à！Tài lìhai la！)

5. 四字的成語和俗語等可以分成雙音節來念的中間要加短
橫，不能分的要全部連寫。例如：

金玉良言 (jīnyù-liángyán)

光明正大 (guāngmíng-zhèngdà)

疲於奔命 (píyúbēnmìng)

一笑置之 (yíxiàozhìzhī)

6. 非四字的成語和俗語一般要按詞分寫。例如：

一言既出，駟馬難追 (yì yán jì chū，sìmǎ nán zhuī)

吃一塹，長一智 (chī yí qiàn，zhǎng yí zhì)

二、語音練習

1. 請按照漢語拼音正詞法的規則寫出下列詞語的拼音：

多　　些 _____　　　本　　人 _____

某時某刻 _____　　　地鐵站裡 _____

快 走 吧 _____　　　海的女兒 _____

各位女士 _____　　　這 麼 樣 _____

2. 請給下列成語或俗語標上拼音並朗讀：

成群結黨	根深蒂固
兩小無猜	勢如破竹
桃李滿天下	如人飲水，冷暖自知

三、容易讀錯的詞和字 03-03.mp3

hán lěng 寒 冷	——	liú hàn 流 汗
kè rén 客 人	——	hā hā dà xiào 哈 哈 大 笑
zhāi shuǐ guǒ 摘 水 果	——	zhù zhái 住 宅
bī pò 逼 迫	——	bā jí 八 級
shǒu pà 手 帕	——	pā pā xiǎng 啪 啪 響
dù jià 度 假	——	huí jiā 回 家
lǐ wù 禮 物	——	lí míng 黎 明
jī jīn 基 金	——	gěi nǐ lǐ wù 給 你 禮 物
dú jù huì yǎn 獨 具 慧 眼	——	dǔ jú 賭 局
bǎi fàng 擺 放	——	bài fǎng 拜 訪

四、普通話詞彙及知識點

1. 廣東話的「特登」，普通話應説成「特意」。
   例如：（廣東話）我今日特登嚟拜訪你。
   　　　（普通話）我今天特意來拜訪你。

2. 廣東話的「得人驚」，普通話應説成「讓人害怕/嚇死人」。
   　　　例如：（廣東話）香港 D 樓價真係得人驚。
   　　　　　　（普通話）香港的房價真的嚇死人。

3. 廣東話的「俾面」，普通話應説成「給面子」。
   　　　例如：（廣東話）老細，俾下面啦！
   　　　　　　（普通話）老闆，給點兒面子吧！

4. 廣東話的「掟煲」，普通話應説成「（戀人）分手」。
   　　　例如：（廣東話）我哋掟咗煲啦！
   　　　　　　（普通話）我們已經分手了。

5. 廣東話的「冇幾何」，普通話應説成「不常」。
   　　　例如：（廣東話）我哋冇幾何見到面㗎！
   　　　　　　（普通話）我們不常見面。

五、小笑話 🎧 03-05.mp3

甲： 「鯊魚」啦！怎麼辦？

乙： 別害怕，我們家沒有鯊魚，那幾條是金魚。

甲： 我是説外面「鯊魚」啦！

乙： 噢！原來你是説外邊下雨了。別擔心，我可以開車送你去地鐵站。

甲： 謝謝你！

六、聽錄音，朗讀句子。 🎧 03-06.mp3

lǐ qīng qíng yì zhòng　　qǐng nín xiào nà
1. 禮 輕 情 意 重 ， 請 您 笑 納 。

gōng sī zhuān ménr gěi nín dìng zhì le yí fèn xīn nián hè lǐ
2. 公 司 專 門兒 給 您 訂 製 了 一 份 新 年 賀 禮 。

má fan nín lù guò de shí hou shùn biàn qǔ yí xià ba
3. 麻 煩 您 路 過 的 時 候 順 便 取 一 下 吧 ！

wú lǎo bǎn bú bì qīn zì pǎo yí tàng le　wǒ men huì yǒu zhuān
4. 吳 老 闆 不 必 親 自 跑 一 趟 了 ，我 們 會 有 專
rén gěi nín sòng guo qu
人 給 您 送 過 去 。

nín zhè fèn dà lǐ tài míng guì le　wǒ bù néng shōu
5. 您 這 份 大 禮 太 名 貴 了 ，我 不 能 收 。

jīn nián gěi bái jīn kǎ yòng hù zhǔn bèi de shì yù rú yì　tú ge
6. 今 年 給 白 金 卡 用 戶 準 備 的 是 玉 如 意 ，圖 個
hǎo yì tóu
好 意 頭 。

7. <ruby>小<rt>xiǎo</rt></ruby> <ruby>趙<rt>zhào</rt></ruby> <ruby>給<rt>gěi</rt></ruby> <ruby>您<rt>nín</rt></ruby> <ruby>帶<rt>dài</rt></ruby> <ruby>了<rt>le</rt></ruby> <ruby>些<rt>xiē</rt></ruby> <ruby>家<rt>jiā</rt></ruby> <ruby>鄉<rt>xiāng</rt></ruby> <ruby>特<rt>tè</rt></ruby> <ruby>產<rt>chǎnràng</rt></ruby>，<ruby>讓<rt></rt></ruby> <ruby>您<rt>nín</rt></ruby> <ruby>嚐<rt>cháng</rt></ruby>
<ruby>嚐<rt>chang</rt></ruby> <ruby>鮮<rt>xiān</rt></ruby>。

8. <ruby>我<rt>wǒ</rt></ruby> <ruby>提<rt>tí</rt></ruby> <ruby>議<rt>yì</rt></ruby> <ruby>部<rt>bù</rt></ruby> <ruby>門<rt>mén</rt></ruby> <ruby>員<rt>yuán</rt></ruby> <ruby>工<rt>gōng</rt></ruby> <ruby>一<rt>yì</rt></ruby> <ruby>起<rt>qǐ</rt></ruby> <ruby>湊<rt>còu</rt></ruby> <ruby>個<rt>ge</rt></ruby> <ruby>長<rt>cháng</rt></ruby> <ruby>命<rt>mìng</rt></ruby> <ruby>鎖<rt>suǒ</rt></ruby> <ruby>來<rt>lái</rt></ruby>
<ruby>恭<rt>gōng</rt></ruby> <ruby>賀<rt>hè</rt></ruby> <ruby>王<rt>wáng</rt></ruby> <ruby>姐<rt>jiě</rt></ruby> <ruby>弄<rt>nòng</rt></ruby> <ruby>瓦<rt>wǎ</rt></ruby> <ruby>之<rt>zhī</rt></ruby> <ruby>喜<rt>xǐ</rt></ruby>。

9. <ruby>展<rt>zhǎn</rt></ruby> <ruby>會<rt>huì</rt></ruby> <ruby>上<rt>shang</rt></ruby> <ruby>要<rt>yào</rt></ruby> <ruby>派<rt>pài</rt></ruby> <ruby>發<rt>fā</rt></ruby> <ruby>的<rt>de</rt></ruby> <ruby>紀<rt>jì</rt></ruby> <ruby>念<rt>niàn</rt></ruby> <ruby>禮<rt>lǐ</rt></ruby> <ruby>品<rt>pǐn</rt></ruby> <ruby>做<rt>zuò</rt></ruby> <ruby>出<rt>chu</rt></ruby> <ruby>來<rt>lai</rt></ruby> <ruby>了<rt>le</rt></ruby> <ruby>嗎<rt>ma</rt></ruby>？

10. <ruby>這<rt>zhè</rt></ruby> <ruby>批<rt>pī</rt></ruby> <ruby>收<rt>shōu</rt></ruby> <ruby>藏<rt>cáng</rt></ruby> <ruby>郵<rt>yóu</rt></ruby> <ruby>票<rt>piào</rt></ruby> <ruby>非<rt>fēi</rt></ruby> <ruby>常<rt>cháng</rt></ruby> <ruby>稀<rt>xī</rt></ruby> <ruby>少<rt>shǎo</rt></ruby>，<ruby>只<rt>zhǐ</rt></ruby> <ruby>能<rt>néng</rt></ruby> <ruby>留<rt>liú</rt></ruby> <ruby>給<rt>gěi</rt></ruby> <ruby>我<rt>wǒ</rt></ruby>
<ruby>們<rt>men</rt></ruby> <ruby>的<rt>de</rt></ruby> VIP <ruby>客<rt>kè</rt></ruby> <ruby>戶<rt>hù</rt></ruby>。

七、請回答下列問題。

1. 不同的傳統節日，分別可以送什麼禮物？
2. 你知道有哪些好意頭的新年賀禮？
3. 銀行通常會給 VIP 客戶準備什麼類型的禮物？
4. 如果對方送的禮品你不能接受，應該怎麼推辭？
5. 現在你是銀行經理，請試試與客戶預約登門拜訪。
6. 生日、搬家、結婚、生子……這些重要的日子都有特殊的祝辭，請你説説。
7. 訂做商務禮品時有哪些注意事項？
8. 假設客戶喜好喝茶，送禮時你會怎樣做到投其所好？
9. 當你代表公司向客戶致送禮品時，有什麼禁忌？
10. 外出旅遊，你會選擇給同事帶什麼禮物？

八、延伸閱讀

基金經理如何投資

　　基金經理會採用不同的投資方法來管理投資者的資金。以下列舉兩種常見的投資方法：

一、由上而下

　　這種投資方法是首先研究全球不同市場的宏觀經濟因素，然後挑選值得購入的股票。宏觀經濟分析包括掌握及預測利率變化、經濟增長、通貨膨脹及匯率走勢。

　　基金經理在決定購買股票前，會先行拜訪有關上市公司和進行量化研究，以瞭解公司的業務策略、財務狀況及發展前景。在決定股票的比重時，主要參考有關的基準指數。

二、由下而上

　　這種投資方法的重點是揀選股票，並輔以宏觀經濟因素的分析。在決定股票的比重時，主要是取決於可於什麼地方找到最佳股票，反而較少參考基準指數的比例。

資料來源：香港投資基金公會
https://www.hkifa.org.hk/chi/fund-investment-101.aspx#Q3

簽訂合同

簽訂合同

》》 背景 《《

經濟合同是在經濟交往中的各方為了達到一定經濟目的，通過平等協商來明確相互的權利和義務而共同訂立的協議。由於經濟活動的內容廣泛，其涉及的合同也多種多樣，較為常見的有：買賣合同、租賃合同、代理合同、技術合同等。今天，香港創新科技公司的李總經理來到深圳，和中國東江電子公司的方總經理正式簽訂合同。

》》 對話 《《

 04-00.mp3

fāng zǒng jīng lǐ　nín hǎo　lǐ zǒng　zhè shì jīn tiān jiāng yào qiān
方 總 經 理：您 好！李 總 。這 是 今 天 將 要 簽

shǔ de hé tong cǎo àn　qǐng guò mù　　guān yú zhè
署 的 合 同 草 案，請 過 目 。 關 於 這

fèn dìng huò hé tong de shù liàng　　jīn é　　jiāo
份 訂 貨 合 同 的 數 量 、金 額 、 交

huò shí jiān　　yàn shōu hé fù kuǎn fāng shì děng
貨 時 間 、 驗 收 和 付 款 方 式 等

tiáo kuǎn　　qǐng nín rèn zhēn shěn hé　　rú guǒ
條 款 ， 請 您 認 真 審 核 。 如 果

yǒu rèn hé yí lòu huò bú dàng zhī chù　　qǐng lì
有 任 何 遺 漏 或 不 當 之 處 ， 請 立

kè zhǐ chū　　yǐ biàn xiū gǎi
刻 指 出 ， 以 便 修 改 。

李總經理： 多謝方總！之前我們雙方代表已經進行過多次洽談，相信這份合同不會有太大問題。

方總經理： 我還想跟您確認一下交貨時間的問題。根據我們上次洽談的結果，雙方同意的交貨時間是本年度七月上旬和八月上旬。不過我認為最好把日期明確為「七月十日和八月十日」，您看怎麼樣？

李總經理： 我同意。不過，我希望再補充一條：如果因為賣方交貨時間的延誤而造成買方的經濟損失，買方有權提出申訴和索賠。希望您能理解。

簽訂合同

方總經理： 誠實守信是我們公司的原則，我們一定保證按時交貨。

當然，您的要求我們完全理解，可以把這一條加進去。現在咱們先喝杯咖啡，休息一下吧。

（一個小時以後）

方總經理：李總，這是合同的正本，請您再看一遍。

李總經理：嗯，很好，我認為所有條款都很清楚。方總，您費心了！

方總經理：不客氣。如果沒有問題的話，我們可以簽字了。

李總經理：好的。方總，這次我們的合作

fēi cháng yú kuài xī wàng jīn hòu yǒu gèng duō
非 常 愉 快，希 望 今 後 有 更 多

de hé zuò jī hui
的 合 作 機 會。

fāng zǒng jīng lǐ yí dìng yí dìng
方 總 經 理：一 定 ， 一 定！

一、語音知識：漢語拼音正詞法（四）

本課將介紹漢語拼音正詞法中有關人名、地名、專名的拼寫法及移行、標調的規則。

1. 人名要按照姓和名分寫，姓和名的開頭字母都要大寫。筆名、別名等的寫法同理。例如：

張愛玲 (Zhāng Àilíng)　　諸葛孔明 (Zhūgě Kǒngmíng)

魯迅 (Lǔ Xùn)　　茅盾 (Máo Dùn)

注意 1：人稱中的「老」、「小」、「大」、「阿」要與姓分寫，開頭字母都要大寫。例如：

老王 (Lǎo Wáng)　　小李 (Xiǎo Lǐ)

大黃 (Dà Huáng)　　阿成 (Ā Chéng)

注意 2：已經專名化的人稱要連寫，開頭字母要大寫。例如：

孔子 (Kǒngzǐ)　　老子 (Lǎozǐ)

孟子 (Mèngzǐ)　　莊子 (Zhuāngzǐ)

2. 地名中的專名和通名要分寫，每一部分的開頭字母要大寫。例如：

北京市 (Běijīng Shì)　　　　香港特區 (Xiānggǎng Tèqū)

大嶼山 (Dàyǔ Shān)　　　　維多利亞灣 (Wéiduōlìyà Wān)

注意：　專名和通名中的附加成分，單音節的要連寫，多音節的要分寫。例如：

太子道 (Tàizǐ Dào)

皇后大道中 (Huánghòu Dàdàozhōng)

青馬大橋 (Qīngmǎ Dàqiáo)

中環置地廣場 (Zhōnghuán Zhìdì Guǎngchǎng)

3. 專有名詞的開頭字母要大寫；由多個詞組成的專有名詞要按詞分寫，但每個詞的開頭字母要大寫。簡稱的各音節之間要加短橫。例如：

兵馬俑 (Bīngmǎyǒng)　　　　中秋節 (Zhōngqiūjié)

香港大學 (Xiānggǎng Dàxué)

滙豐銀行 (Huìfēng Yínháng)

港大 (Gǎng-Dà)　　　北大 (Běi-dà)

4. 書名、報刊名和文章標題可以每個字母都大寫，也要按詞分寫。例如：

《西遊記》《XĪYÓUJÌ》

《悲慘世界》《BĒICǍN SHÌJIÈ》

《現代漢語詞典》《XIÀNDÀI HÀNYǓ CÍDIǍN》

《孔乙己》《KǑNG YǏJǏ》

5. 文章中每一句話開頭的字母要大寫。詩歌每行開頭的字母
要大寫。例如：
我記得兩句唐詩：「誰知盤中餐，粒粒皆辛苦。」
(Wǒ jìde liǎng jù tángshī： "Shéi zhī pán zhōng cān，
Lìlì jiē xīnkǔ。")

6. 移行要按照音節分開，在沒有寫完的地方加短橫。
現代科技好似一把雙刃劍，在促進人類文明進步的同時，
也給自然環境帶來一些負面效應。例如：
(Xiàndài kējì hǎosì yì bǎ shuāngrènjiàn，zài cùjìn rén-
lèi wénmíng jìnbù de tóngshí，yě gěi zìrán huánjìng dài-
lái yìxiē fùmiàn xiàoyìng。)

7. 聲調一律標原調，不標變調。但是在語言教學中，可根據
需要標變調。例如在香港的普通話課本中，三聲變調要標
原調，但是「一」和「不」的變調要標出變化後的聲調。
例如：
我們的新產品終於投入市場了，真是可喜可賀。
(Wǒmen de xīn chǎnpǐn zhōngyú tóurù shìchǎng le，
zhēn shì kěxǐ-kěhè。)
不怕不會，就怕不學，一次不懂，再聽一回。
(Búpà búhuì，jiù pà bùxué， yícì bùdǒng，zài tīng
yìhuí。)

二、語音練習

1. 請按照漢語拼音正詞法的規則寫出下列詞語的拼音：

夏侯惇 ＿＿＿＿＿＿＿＿＿　　梅蘭芳 ＿＿＿＿＿＿＿＿＿

墨　子 ＿＿＿＿＿＿＿＿＿　　老　李 ＿＿＿＿＿＿＿＿＿

廣東省 ＿＿＿＿＿＿＿＿＿　　上海市 ＿＿＿＿＿＿＿＿＿

端午節 ＿＿＿＿＿＿＿＿＿　　香港科技館 ＿＿＿＿＿＿＿＿＿

2. 請朗讀下面這段話，並嘗試標出拼音：

中國四大名著，是指《三國演義》、《西遊記》、《水滸傳》及《紅樓夢》四部古典章回小説，是中國文學中不可多得的作品。

三、容易讀錯的詞和字 04-03.mp3

yí huò 疑 惑	——	wā qiáng jiǎo 挖 牆 腳
suǒ yǐn 索 引	——	mén suǒ 門 鎖
zhì dì yǒu shēng 擲 地 有 聲	——	zhí lì 直 立
huà huà 畫 畫	——	wá wa 娃 娃
zhuā zéi 抓 賊	——	cā liǎn 擦 臉

cǎo àn 草案	——	tǐ cāo 體操
zhèng běn 正本	——	ān jìng 安靜
tiáo kuǎn 條款	——	tiào wǔ 跳舞
xī wàng 希望	——	hēi mǎ 黑馬
yú kuài 愉快	——	yú qī 逾期

四、普通話詞彙及知識點

1. 廣東話的「撞板」，普通話應説成「碰釘子」。
   例如：（廣東話）你點解成日撞板？
   　　　（普通話）你怎麼整天碰釘子？

2. 廣東話的「掛住」，普通話應説成「想念」。
   例如：（廣東話）我好掛住你。
   　　　（普通話）我很想念你。

3. 廣東話的「揸車」，普通話應説成「開車」。
   例如：（廣東話）你有冇揸車？
   　　　（普通話）你開沒開車？

4. 廣東話的「騎呢」，普通話應説成「古怪」。
   例如：（廣東話）嗰個人好騎呢。
   　　　（普通話）那個人很古怪。

5. 廣東話的「招積」，普通話應説成「囂張」。
   例如：（廣東話）佢點解咁招積？
   　　　（普通話）他怎麼那麼囂張？

五、小笑話　 04-05.mp3

甲：　你是幹哪行的？
乙：　我食「燴雞」。
乙：　什麼？你想吃燴雞？咱們一會兒去吃。
甲：　不是，我是「燴雞」"Accountant"。
乙：　噢！原來你是會計。

六、聽錄音，朗讀句子。　04-06.mp3

qǐng nín zǐ xì hé duì hé tong zhōng de měi xiàng tiáo kuǎn
1. 請 您 仔 細 核 對 合 同 　中 的 每 項 條 款。

dìng gǎo zhī hòu hé tong zhèng běn yí shì liǎng fèn 　　shuāng fāng
2. 定 稿 之 後 合 同 　正 本 一 式 兩 份， 　雙 方
gòng tóng bǎo guǎn
共 同 保 管。

3. 上次洽談的結果，我已在補充條款中
備註了，請您過目。

4. 你們屬於單方面違約，我們有權根據合
同提出索賠。

5. 我看大體沒問題，具體細則還要交給律師
把關。

6. 既然有白紙黑字，那就按章辦事。

7. 我們跟貴公司的合約快到期了，貴方還
想續約嗎？

8. 口說無憑，請你們拿出有效的紙質
協議。

9. 我覺得還是要在合同上寫明雙方的
權利與義務。

10. 明天上午，保薦人和律師也會參與敲
定草案內容。

七、請回答下列問題。

1. 一份合同有哪些基本條款？
2. 商務合同中的甲方、乙方通常是指什麼機構？
3. 如果簽約之後發現細節有誤，如何修改才能確保合同仍然有效？
4. 簽訂電子合同有哪些特別注意事項？
5. 審核簽約方的資質和履約能力時，需要留意哪些方面？
6. 合同違約有哪些責任需要承擔？
7. 如果作為分銷商與對方公司簽訂獨家代理協議，你應在合同中寫明哪些特別權益？
8. 假設你的公司未能趕上交貨期，請嘗試與對方公司進行協商。
9. 簽訂雙方除了留存合同正本，還需要保留哪些文件？
10. 假設對方提出中止合約，請你作為公司代表去進行談判與索賠。

八、延伸閱讀

如何訂立合同

合同的內容由當事人協商約定，通常合同包括以下條款：

1. 當事人的名稱或者姓名和住所。
2. 標的，它指合同雙方權利義務關係的物件，不同種類的合同，有不同的標的。另外在合同中必須對標的作出嚴格規定，且不可違反國家法律、政策規定。否則無效。

3. 數量和品質，這是對標的的具體化，雙方可以就合同標的的數量和品質進行具體性的約定。

4. 價款或者報酬，合同當事人可以在合同中寫明合同價款或者報酬，以及價款或者報酬的支付時間，支付方式等。

5. 履行期限、地點和方式。合同雙方當事人約定完成合同所規定義務的場所以及所採用的方式，一般來說履行的方式有運輸、支付、結算、包裝等，該約定是合同在履行階段判斷合同當事人是否履行完全的標準。

6. 違約責任，合同當事人可以在合同中明確約定，合同當事人存在違約行為時，違約方所要承擔的違約責任。

資料來源：法律網　http://www.66law.cn/fangan/anli_243/

參觀工廠

>> 背景 <<

商務參觀是有計劃、有準備地對某一特定項目進行實地考察，參觀項目一般由合作雙方共同商定。而參觀工廠則是雙方瞭解合作夥伴實力的重要方式。作為接待方，首先要和對方做好溝通，並且做好充足的準備。今天，香港創新科技公司的李總經理來到中國東江電子公司下屬的前海工廠參觀考察，中方公司的接待人員陳經理和工廠的王廠長陪同參觀。

>> 對話 <<

 05-00.mp3

chén jīng lǐ　　　　wáng chǎng zhǎng nín de kè rén dào le
陳 經 理 ： 王 廠 長，您的客人到了！

wáng chǎng zhǎng huān yíng guāng lín běn chǎng　wǒ jiào wáng wěi
王 廠 長：歡 迎 光 臨 本 廠！我叫王 偉

lì　zhè wèi jiù shì xiāng gǎng chuàng xīn kē jì de
莉，這位就是香 港 創 新科技的

lǐ zǒng ba
李 總 吧？

lǐ zǒng jīng lǐ　 wáng chǎng zhǎng　　xìng huì　wǒ shì lǐ jiā yǐng
李 總 經 理：王 廠 長 ，幸 會！我是李家穎 。

nǐ men gōng chǎng de guī mó hěn dà a
你 們 工 廠 的規模很大啊！

wáng chǎng zhǎng qián hǎi gōng chǎng shì wǒ gōng sī zài guǎng dōng
王 廠 長：前 海 工 廠 是我公 司在 廣 東

de zhǔ yào gōng chǎng　　nín kàn qián mian zhè zuò
的 主 要 工 廠 。 您看，前 面 這座

dà lóu shì běn chǎng de bàngōng lóu hòu mian nà
大樓是本廠的辦公樓，後面那

jǐ dòng shì chǎng fáng hé chē jiān
幾棟是廠房和車間。

chén jīng lǐ　　　lǐ zǒng　qǐng kàn yí xià zhè běn xiǎo cè zi　tā
陳經理：李總，請看一下這本小冊子，它

jiè shào le běn chǎng de jī běn gài kuàng　chú
介紹了本廠的基本概況，除

le běn chǎng de lì shǐ xiàn zhuàng hé chǎn pǐn yǐ
了本廠的歷史、現狀和產品以

wài　hái bāo kuò le chǎn liàng hé xiāo shòu é děng
外，還包括了產量和銷售額等

yì xiē tǒng jì shù jù
一些統計數據。

lǐ zǒng jīng lǐ　　tài hǎo le　zhè xiē zhèng shì wǒ xiǎng liǎo jiě de
李總經理：太好了！這些正是我想瞭解的。

bú guò xiàn zài wǒ gèng xiǎng qīn yǎn kàn kan
不過現在我更想親眼看看。

wáng chǎng zhǎng qǐng gè wèi xiān dào wǒ men de chǎn pǐn chén liè
王廠長：請各位先到我們的產品陳列

tīng cān guān　zhè lǐ zhǎn shì le běn chǎng de
廳參觀。這裡展示了本廠的

suǒ yǒu chǎn pǐn　tè bié shì zuì xīn yán fā de diàn
所有產品，特別是最新研發的電

zǐ xì tǒng
子系統。

lǐ zǒng jīng lǐ　zhè ge xīn xì tǒng yǐ jing kāi shǐ shēng chǎn le ba
李總經理：這個新系統已經開始生產了吧？

王廠長：對，今年年初就投產了。接下來咱們直接到車間現場看看生產情況。請這邊走。

李總經理：好極了！貴廠才建成幾年就成效驚人，真令人印象深刻。

王廠長：本廠雖然成立僅五年，但是發展迅速，目前一線生產人員約有一千名，技術研發人員約有三百名，管理和後勤人員約有二百名。

李總經理：看來貴廠不僅規模大，設備、技術和管理也很先進。今天的參觀讓我對我們的合作前景更有信心了。

wáng chǎng zhǎng wǒ men gōng chǎng yí dìng quán lì wèi hé zuò
王 廠 長：我 們 工 廠 一 定 全 力 為 合 作

chéng gōng ér nǔ lì
成 功 而 努 力。

chén jīng lǐ　　　wǒ men gōng sī yě zhōng xīn qī wàng hé zuò
陳 經 理：　我 們 公 司 也 衷 心 期 望 合 作

chéng gōng
成 功。

一、語音知識：聲調辨正（一）

普通話與粵語的聲調差別較大。粵語有九個聲調，即陰平、陰上、陰去、陽平、陽上、陽去、陰入、中入、陽入。而普通話只有四個聲調，即第一聲（陰平 55）、第二聲（陽平35）、第三聲（上聲 214）和第四聲（去聲 51）。

普通話的四聲發音有如下幾個特點：
1. 第一聲是高平調，第二聲是高升調，第三聲是降升調，第四聲是全降調。
2. 發高音時，聲帶要緊一點；發低音時，聲帶要鬆一點。
3. 四個聲調的長短不同，第三聲最長，第四聲最短。

請大聲朗讀下列詞語，仔細體會四聲的發音特點：
吸煙 (xīyān)　　　　　　東風 (dōngfēng)
珍惜光陰 (zhēnxī guāngyīn)
人民 (rénmín)　　　　　　兒童 (értóng)

參觀工廠

嚴格執行 (yángé zhíxíng)
打掃 (dǎsǎo)　　　　　領導 (lǐngdǎo)
理想美好 (lǐxiǎng měihǎo)　電視 (diànshì)
會議 (huìyì)
正確判斷 (zhèngquè pànduàn)

二、語音練習

1. 請標出下列詞語的聲調並大聲朗讀：
   春天花開 _____　　江山多嬌 _____
   牛羊成群 _____　　維持和平 _____
   選舉領導 _____　　總統演講 _____
   政治制度 _____　　勝利閉幕 _____

2. 請標出古詩《烏衣巷》的聲調：

   _____，_____。

   朱雀橋邊野草花，烏衣巷口夕陽斜。

   _____，_____。

   舊時王謝堂前燕，飛入尋常百姓家。

三、容易讀錯的詞和字 05-03.mp3

xiǎo māo 小 貓	—	pāo máo 拋 錨
fù zé 負 責	—	nèi kù 內 褲
wò pù 臥 鋪	—	wò shǒu 握 手
qū yuán 屈 原	—	qū qū 區 區
féi wò 肥 沃	—	yì yù 抑 鬱
chǎng zhǎng 廠 長	—	gōng chǎng 工 場
huān yíng 歡 迎	—	huān xīn 歡 欣
guāng lín 光 臨	—	guān liáo 官 僚
chuàng xīn 創 新	—	chuān xíng 穿 行
zhōng xīn 衷 心	—	chōng xǐ 沖 喜

四、普通話詞彙及知識點

1. 廣東話的「痕」，普通話應説成「癢」。
   例如：（廣東話）我呢度好痕呀！
   　　　（普通話）我這裡真癢癢啊！

2. 廣東話的「有麝自然香」，普通話應説成「酒香不怕巷子深」。
   例如：（廣東話）我哋嘅產品貨真價實，有麝自然香，一
   　　　　　　　　定好受歡迎。
   　　　（普通話）我們的產品貨真價實，酒香不怕巷子深，
   　　　　　　　　一定非常受歡迎。

3. 廣東話的「暈陀陀」，普通話應説成「暈乎乎」。
   例如：（廣東話）我覺得暈陀陀，快 D 帶我去睇醫生！
   　　　（普通話）我覺得暈乎乎，快帶我去看醫生！

4. 廣東話的「火滾」，普通話應説成「惱火、生氣」。
   例如：（廣東話）我睇見佢就火滾！
   　　　（普通話）我看見他就生氣！

5. 廣東話的「抵」，普通話應説成「值」。
   例如：（廣東話）呢件衫我係淘寶買嘅，二十蚊，好抵啊！
   　　　（普通話）這件衣服我是在淘寶買的，二十塊，好
   　　　　　　　　值啊！

五、小笑話 05-05.mp3

甲： 你下班後去哪兒？

乙： 我去玩「乳鴿」。

乙： 什麼？你怎麼跟乳鴿玩兒？

甲： 我不是玩「乳鴿」。我去玩 yoga。

乙： 噢！原來你下班以後去練瑜伽。

六、聽錄音，朗讀句子。 05-06.mp3

1. kè hù de cǎi gòu bù mén yào pài rén guò lái kǎo chá　qǐng zuò
客戶的採購部門要派人過來考察，請做
hǎo zhǔn bèi gōng zuò
好準備工作。

2. wǒ dài nín qù kàn kan wǒ men de hé xīn shēng chǎn chē jiān
我帶您去看看我們的核心生產車間。

3. gōng yè yuán èr qī jùn gōng hòu　gōng chǎng de guī mó jiāng
工業園二期竣工後，工廠的規模將
huì kuò dà yí bèi
會擴大一倍。

4. xiān yóu xiǎo liú gěi nín zuò yí ge jiǎn dān de jiè shào　zài dài
先由小劉給您做一個簡單的介紹，再帶
dà jiā shí dì cān guān
大家實地參觀。

5. mù qián nín suǒ kàn dào de chén liè chǎn pǐn dōu yǐ jìn rù liàng
目前您所看到的陳列產品都已進入量
chǎn jiē duàn
產階段。

6. 這是我們公司的宣傳手冊，裡面有詳細的產品目錄，供各位參考。

7. 明天的接待任務需要部門經理、主管工程師和專項業務員全部到場。

8. 你們的場址比較偏僻，請問可以派車來接嗎？

9. 我們擁有多條全自動生產線，完全能達到貴公司的訂單要求。

10. 參觀到此就告一段落了，咱們移步會議室進行洽談吧。

七、請回答下列問題。

1. 以工廠的參觀為例，你能想到哪些接待流程？

2. 你覺得客戶在參觀企業時，主要關注哪些內容？

3. 在正式參觀之前，有什麼需要提前敲定的事項？

4. 在接待實地參觀的過程中，你會重點宣傳哪方面的信息？

5. 如果客戶問到敏感的商業信息，可以怎麼回答？

6. 一個優秀的工廠應該符合哪些標準？

7. 面對有意向的大客戶時，在參觀當日應努力達成哪些成果？
8. 大型企業開放工廠給公眾參觀，能起到什麼宣傳效果？
9. 假設你需要撰寫一份參觀工廠的總結報告，請列一份條目大綱。
10. 你覺得高新技術和成熟的生產線哪個更重要，為什麼？

八、延伸閱讀

廣州 GDP 總量第一

　　21 世紀經濟研究院日前發表「26 省會城市 2017 年 GDP 排名報告」，比較 2017 年全國 26 省會城市 GDP（注：不包括拉薩）的總計數據，分析區域經濟顯現的新格局。

　　GDP 總量排名第一的省會城市是廣州，2017 年 GDP 達 21503 億元（人民幣，下同），第二至五名依次是成都、武漢、杭州和南京。西寧則是 GDP 總量最低的一個，僅 1284 億元。26 個省會城市中，只有首 6 位的 GDP 總量超過 1 萬億。

　　在增長速度方面，貴陽以 11.3% 的實際增速排全國第一，且為唯一兩位數增長城市；西安則以名義 GDP 增速 19.38% 居全國第一。

　　21 世紀經濟研究院認為，考慮到 2017 年一些省會城市 GDP 總量差距很小，隨着各地經濟發展情況不一，預計 2018 年還會出現新的位次變化。

資料來源：
https://www.hk01.com/ 行走中國 /175128/26 省會城市 2017 年 gdp 排名報告 - 廣州 gdp 總量第一

交貨與付款

》 背景 《

買賣雙方在履行經濟合同的過程中，交貨和付款是其中的兩個重要環節。國際貿易的付款方式主要有六種：一、匯付（T/T, M/T, D/T）；二、信用證（L/C）；三、匯票（Bill of Exchange, Draft）；四、本票 (Promised Note)；五、支票 (Cheque, Check)；六、託收（Collection）。現在，香港創新科技公司的李經理和中國東江電子公司的陳經理就他們最關心的交貨時間和付款方式進行了商談。

》 對話 《   06-00.mp3

lǐ jīng lǐ
李經理：
chén jīng lǐ　　guān yú zhè pī diàn zǐ chǎn pǐn dìng dān
陳 經 理， 關 於 這 批 電 子 產 品 訂 單
de jiāo huò shí jiān　　wǒ xiǎng zài gēn nín tǎo lùn yí xià
的 交 貨 時 間，我 想 再 跟 您 討 論 一 下。

chén jīng lǐ
陳 經 理：
wǒ zǎo jiù xiàng nín bǎo zhèng huì àn shí jiāo huò　bù
我 早 就 向 您 保 證 會 按 時 交 貨，不
zhī dao nín xiàn zài hái yǒu shén me xīn de yāo qiú
知 道 您 現 在 還 有 什 麼 新 的 要 求？

lǐ jīng lǐ
李經理：
guì gōng sī de chǎn pǐn zài shì chǎng shang de xiāo
貴 公 司 的 產 品 在 市 場 上 的 銷
lù hěn hǎo　yīn cǐ wǒ men xiǎng jǐn kuài tóu fàng gèng
路 很 好，因 此 我 們 想 儘 快 投 放 更
duō chǎn pǐn　kuò dà shì chǎng fèn é　nǐ men néng
多 產 品，擴 大 市 場 份 額。你 們 能

把這批訂單從七月提前到六月底
交貨嗎？

陳經理：這個嘛，我們需要臨時調整生產
計劃，增加產量，確實有困難啊！

李經理：時間上的確是緊了些，可咱們是老
朋友了，之前的合作也非常愉快，
這次就請您幫幫忙吧！

陳經理：看在老朋友的面子上，我可以
安排工廠加班生產，把這批貨
趕出來。不過既然你們要求提前交
貨，在付款方式上也要給我們一
些方便。貴公司能不能先以現
金預付百分之三十的貨款，其餘貨
款再採用信用證方式付款。

交貨與付款

李經理： 沒問題。百分之三十的預付貨款，我可以通過中國銀行電匯給您。不過，其餘貨款我們可不可以採用分期付款或其他的方式？

陳經理： 很抱歉，我們不能接受分期付款或其他付款方式。為了不影響交貨時間，請您務必在出貨前三十天開出信用證。

李經理： 好吧，那咱們就「一手交錢，一手交貨」。

陳經理： 這就對了，有錢大家一起賺，這才是雙贏嘛！

一、語音知識：聲調辨正（二）

本課將繼續普通話聲調的練習。普通話只有四聲，因此有不少同音異調的詞語，聲調不同自然意義不同。例如：

個性 (gèxìng)	——	歌星 (gēxīng)
司機 (sījī)	——	四季 (sìjì)
搬家 (bānjiā)	——	半價 (bànjià)
禮儀 (lǐyí)	——	利益 (lìyì)

下面我們將按照普通話的聲調特點分組進行練習：

1. 四聲順序的詞語
   風調雨順 (fēngtiáo-yǔshùn)
   英雄好漢 (yīngxióng-hǎohàn)
   精神百倍 (jīngshénbǎibèi)

2. 四聲逆序的詞語
   四海為家 (sìhǎiwéijiā)
   痛改前非 (tònggǎiqiánfēi)
   信以為真 (xìnyǐwéizhēn)

3. 四字同調的詞語
   息息相關 (xīxīxiāngguān)
   學習年齡 (xuéxí niánlíng)
   古董展覽 (gǔdǒng zhǎnlǎn)
   運動紀錄 (yùndòng jìlù)

交貨與付款

4. 兩字同調的詞語
   豐衣足食 (fēngyī-zúshí)
   美好前途 (měihǎo qiántú)
   萬象更新 (wànxiànggēngxīn)
   技術指導 (jìshù zhǐdǎo)

5. 四聲混合的詞語
   滿載而歸 (mǎnzài'érguī)
   循序漸進 (xúnxùjiànjìn)
   重整旗鼓 (chóngzhěngqígǔ)
   滄海一粟 (cānghǎiyísù)

二、語音練習

1. 請拼讀下列成語並標出聲調：
   刻不容緩————   自強不息————
   精明強幹————   無懈可擊————
   實事求是————   束手無策————
   品頭論足————   當機立斷————

2. 請按照正詞法的規則寫出下列句子的漢語拼音：
   （1）在歐洲的文藝復興之前，中國古代的四大發明已經陸
   　　　續傳入西方。

   _____

   _____

（2）真令人難以置信！世界杯怎麼會有如此巨大的吸引
　　力？

_____

_____

三、容易讀錯的詞和字 06-03.mp3

jūn jiàn 軍艦	——	zǔ lán 阻攔
làng màn 浪漫	——	láng qún 狼群
bǎo sòng 保送	——	bào míng 報名
mǎ lù 馬路	——	lù dì 陸地
shǒu dū 首都	——	dāo zi 刀子
yì pī 一批	——	yí pài hú yán 一派胡言
jiāo huò 交貨	——	jiāo shuǐ 膠水
xiāo lù 銷路	——	jiāo lǜ 焦慮

| kuò dà
擴 大 | —— | tuò kuān
拓 寬 |
| fèn é
份 額 | —— | ā
阿Q |

四、普通話詞彙及知識點

1. 廣東話的「嗌」，普通話應説成「叫、喊」。
   例如：（廣東話）靜 D ！唔好嗌。
   　　　（普通話）安靜點兒！別喊。

2. 廣東話的「眼崛崛」，普通話應説成「瞪着眼睛」。
   例如：（廣東話）做咩眼崛崛？
   　　　（普通話）幹嗎瞪着眼睛？

3. 廣東話的「第日」，普通話應説成「改天」。
   例如：（廣東話）我依家趕住去開會，第日先同你傾。
   　　　（普通話）我現在趕着去開會，改天再跟你聊。

4. 廣東話的「偷雞」，普通話應説成「偷懶」。
   例如：（廣東話）我又偷雞唔做嘢。
   　　　（普通話）我又偷懶不幹活兒。

5. 廣東話的「出糧」，普通話應説成「發工資」。
   例如：（廣東話）知唔知幾時出糧？
   　　　（普通話）知不知道什麼時候發工資？

五、小笑話　🎧 06-05.mp3

甲：　你知道嗎？我很「毒辣」。

乙：　你很「毒辣」？怎麼我看不出來？

乙：　我是説我很「毒辣」，"Independent"。

甲：　噢！原來你想説你很獨立。

乙：　對！我很獨立。

六、聽錄音，朗讀句子。　🎧 06-06.mp3

qǐng wèn yuē dìng hǎo de tí huò rì qī néng bu néng tōng róng
1. 請 問 約 定 好 的 提 貨 日 期 能 不 能 通 融
jǐ tiān
幾 天 ？

jí shǐ jiā bān jiā diǎn wǒ men yě huì bǎo zhèng àn shí jiāo huò de
2. 即 使 加 班 加 點，我 們 也 會 保 證 按 時 交 貨 的。

yú qī jiāo huò de huà　　wǒ men jiù bù dé bù àn hé tong shōu
3. 逾 期 交 貨 的 話，我 們 就 不 得 不 按 合 同 收
qǔ měi rì wéi yuē jīn le
取 每 日 違 約 金 了。

suī rán wǒ men shì kuà guó gōng sī　　dàn shì jiē shòu duō zhǒng fù
4. 雖 然 我 們 是 跨 國 公 司，但 是 接 受 多 種 付
kuǎn fāng shì
款 方 式。

qǐng guì fāng wù bì zài jiāo huò rì qián sān shí tiān tí gōng yǒu
5. 請 貴 方 務 必 在 交 貨 日 前 三 十 天 提 供 有
xiào de xìn yòng zhèng
效 的 信 用 證。

tōng cháng wǒ men yāo qiú de yù fù kuǎn shì zǒng jīn é de sān
6. 通 常 我 們 要 求 的 預 付 款 是 總 金 額 的 三

chéngzhī piào huò diàn huì jiē kě
成，支 票 或 電 匯 皆 可。

shèng yú de kuǎn xiàng　　wǒ men kāi yín háng běn piào gěi nín ba
7. 剩 餘 的 款 項 ，我 們 開 銀 行 本 票 給 您 吧！

wěi kuǎn bù fen　bì xū yí cì xìng fù qīng
8. 尾 款 部 分，必 須 一 次 性 付 清。

wǒ men yǐ jīng shì hé zuò zhè me duō cì le　jiāo huò qī kě yǐ
9. 我 們 已 經 是 合 作 這 麼 多 次 了，交 貨 期 可 以
líng huó yì diǎn
靈 活 一 點。

yì wán chéng chǎn pǐn yàn shōu　　wǒ men jiù lì kè tóu
10. 一 完 成 產 品 驗 收 ，我 們 就 立 刻 投
fàng shì chǎng
放 市 場。

七、請回答下列問題。

1. 通常不能按時交貨的生產方需要承擔哪些後果？

2. 有哪些延遲交貨是買方的責任？

3. 如果希望對方提前交貨期，你願意提供什麼便利條件？

4. 作為公司採購人員，哪些是買方應當爭取的利益？

5. 如果因為海關滯留的原因無法正常交貨，你覺得誰應該承擔損失？

6. 如果因為遲交貨導致商品過季，除了違約金外，還有什麼解決方式？

7. 作為生產商，你覺得預付款以什麼形式支付比較合理？

8. 信用證支付的方式有哪些優點和缺點？

9. 如果出貨後買方拖欠尾款，請你嘗試與對方交涉。
10. 制定付款合同時，除了約定付款方式，還有哪些注意事項？

八、閱讀鏈接

如何運送超大件貨物

在國際海運中運輸的貨物，種類繁多，針對不同類型的貨物而採用運輸貨物的船舶類型、裝卸設備也就不同。運送超大件貨物的方法有以下幾種：

一、卡車。卡車的運輸採用 PCTC（PURE CAR TRUCK CARRIER），其主要特點是採用單層甲板（一般高度在 3-4 米之間）艙內可以容納大型卡車，其船舶尾跳最大載重量可達 45 噸，每平方米載重量可達 3 噸，因此可以允許超重卡車通過船舶尾跳進入船艙。

二、大型設備。一般來講，大型設備的運輸比較複雜，有些部件體積較大，噸位較大，不能採用一般的集裝箱運輸，而有些零配件可採用集裝箱運輸。這種設備一般採用 RORO AND CONTAINER 這種船型，可以同時裝載大型部件和集裝箱，因此是眾多大型設備運輸所選擇的理想船型。

三、火車車廂。由於火車車箱較長，有 40 米長所以採用一般的 ROLLTRAILER 運輸會由於艙口的限制，車身無法旋轉裝進艙內。SPECIAL DESIGNED TRAILERS（特殊輪胎轉向架）可以解決這個問題，該設備輪胎可以實現 360 度旋轉，可通過船舶尾跳進艙時掉頭運進艙內。

第七課

理財產品

≫ 背景 ≪

理財產品是由商業銀行和正規金融機構自行設計並發行的產品，將募集到的資金根據產品合同約定投入相關金融市場及購買相關金融產品，獲取投資收益後，根據合同約定分配給投資人。顧客可以在銀行或金融機構購買這些產品。何經理進入職場以後，有了一些積蓄。她希望通過理財產品來讓資產增值，因此前來諮詢理財顧問毛小姐。

≫ 對話 ≪ 07-00.mp3

máo xiǎo jie　　hé jīng lǐ，nín hǎo　hěn gǎn xiè nín de xìn rèn
毛 小 姐： 何 經 理，您 好！很 感 謝 您 的 信 任。

hé jīng lǐ　　máo xiǎo jie nǐ hǎo　lǐ cái wǒ bú shì hěn zài háng，dàn
何 經 理： 毛 小 姐你好。理財我不是很在行，但

yòu jué de dān kào chǔ xù zhuī bú shàng tōng zhàng，suǒ
又 覺得單靠儲蓄追不上通脹，所

yǐ xiǎng tīng ting nǐ de yì jiàn
以 想 聽聽你的意見。

máo xiǎo jie　　mù qián shì miàn shang de lǐ cái chǎn pǐn bǐ jiào duō，huí
毛 小 姐： 目前市面 上 的理財產品比較多，回

bào yě cēn cī bù qí。yì bān lái shuō， xuǎn zé yù qī
報 也 參差不齊。一般來說， 選擇預期

nián shōu yì lǜ bǎi fēn zhī sì dào bǎi fēn zhī liù de bǐ
年 收 益率百分之四到百分之六的比

jiào wěn tuǒ， jì bǎo zhèng le shōu yì， yòu néng kòng
較 穩妥，既保證了收益，又能控

制風險。這類產品主要由銀行發行，我行就有好幾款可供選擇。

何經理：我聽說現在也有不少人選擇儲蓄型保險，你怎麼看？

毛小姐：這確實是一個熱門的投資方向，但它回報期長，適合作為長線投入。短期來看，還是建議您搭配其他更靈活的方案。

何經理：聽你的意思，將不同的理財產品組合起來，才是比較明智的選擇？

毛小姐：正是。如果您願意的話，我們可以先對您現有的可支配資產進行一下調查，並且給您做一個風險承受能力測試，然後給出具體的

pèi bǐ jiàn yì　　dāng rán　zuì zhōng jué dìng quán hái
配 比 建 議。 當 然,最 終 決 定 權 還

shi wán quán zài nín
是 完 全 在 您。

hé jīng lǐ　　hǎo de　nǐ men kěn dìng bǐ wǒ zhuān yè　　nà děng nǐ
何 經 理: 好 的。你 們 肯 定 比 我 專 業!那 等 你

de fēn xī chū lái le　　wǒ men zài yuē jiàn yí cì ba
的 分 析 出 來 了, 我 們 再 約 見 一 次 吧。

máo xiǎo jie　méi wèn tí　　wǒ men bǎo chí lián xì
毛 小 姐: 沒 問 題, 我 們 保 持 聯 繫。

hé jīng lǐ　xiè xie nǐ　　zài jiàn
何 經 理: 謝 謝 你, 再 見!

一、語音知識:聲母辨正(一)

在粵語方言中,舌尖後音 zh ch sh,舌尖前音 z c s 和舌面音 j q x 都是沒有的,所以普通話中的這三組聲母就成為了粵語使用者的最大難點。而要發準這三組音,首先要清楚它們各自的發音部位和發音方法,再通過一一對比來加以分辨。本課將其分成三組比照如下:

1.　zh–z–j
　　之間 (zhījiān)——自薦 (zìjiàn)——擊劍 (jījiàn)
　　真假 (zhēnjiǎ)——增加 (zēngjiā)——進價 (jìnjià)
　　祝愿 (zhùyuàn)——組員 (zǔyuán)——劇院 (jùyuàn)
　　準備 (zhǔnbèi)——尊卑 (zūnbēi)——軍備 (jūnbèi)

2. ch-c-q

遲到 (chídào)──刺刀 (cìdāo)──祈禱 (qídǎo)

城池 (chéngchí)──層次 (céngcì)──氫氣 (qīngqì)

產假 (chǎnjià)──參加 (cānjiā)──全家 (quánjiā)

長處 (chángchù)──倉促 (cāngcù)──強取 (qiángqǔ)

3. sh-s-x

獅子 (shīzi)──私自 (sīzì)──喜字 (xǐ zì)

上書 (shàngshū)──桑樹 (sāngshù)──詳述 (xiángshù)

身臨 (shēn lín)──森林 (sēnlín)──心靈 (xīnlíng)

實施 (shíshī)──絲絲 (sī sī)──嬉戲 (xīxì)

二、語音練習

1. 請標出下列詞語的聲母：

知足 _____   資助 _____

財產 _____   純粹 _____

上訴 _____   私事 _____

資金 _____   捐贈 _____

湊巧 _____   潛藏 _____

甦醒 _____   瀟灑 _____

針灸 _____   記者 _____

前程 _____   抽籤 _____

享受 _____   實行 _____

2. 請按照聲母給下列詞語分類：

心想事成	機智超群	欣賞小説
長期素食	收集雜誌	做事急躁
集資籌錢	三峽寫生	尊敬師長
隨時漲價	清晰記載	技術奇才

zh ch sh (　　　　　　　　　　　　　　　)

z c s (　　　　　　　　　　　　　　　)

j q x (　　　　　　　　　　　　　　　)

三、容易讀錯的詞和字 07-03.mp3

lú zi 驢子	——	luó zi 騾子
cuò shǒu bù jí 措手不及	——	cuò wù 錯誤
chōng gōng 充公	——	chūn gēng 春耕
zuò mèng 做夢	——	méng shòu 蒙受
shān fēng 山峰	——	shāng fēng 傷風
gǎn xiè 感謝	——	jiè yòng 借用
jué de 覺得	——	guò duō 過多
xuǎn zé 選擇	——	sǔn shī 損失

fēng xiǎn 風 險	——	fēn xiǎng 分 享
chéng shòu 承 受	——	shéng zi 繩 子

四、普通話詞彙及知識點

1. 廣東話的「阿公、阿婆」，普通話應說成「老爺爺、老奶奶」。

   例如：（廣東話）阿公、阿婆，你哋坐啦！

   　　　（普通話）老爺爺、老奶奶，你們坐吧！

2. 廣東話的「地拖」，普通話應說成「拖把」。

   例如：（廣東話）唔該，我想買地拖。

   　　　（普通話）麻煩你，我想買拖把。

3. 廣東話的「散紙」，普通話應說成「零錢」。

   例如：（廣東話）我想暢散紙。

   　　　（普通話）我想換零錢。

4. 廣東話的「大隻」，普通話應說成「壯」。

   例如：（廣東話）你成日去健身，唔怪得咁大隻啦！

   　　　（普通話）你老去健身，難怪那麼壯了。

5. 廣東話的「凍滾水」，普通話應說成「涼白開」。
   例如：（廣東話）唔該有冇凍滾水？
   （普通話）請問有沒有涼白開？

五、小笑話 07-05.mp3

甲： 麻煩你，我要一「斤」黃瓜。

乙： 給。

乙： 那麼多！我說我只要一個。

甲： 噢！原來你想要一根黃瓜。

乙： 對！

六、聽錄音，朗讀句子。 07-06.mp3

1. 預期回報和投資風險永遠成正比。
   yù qī huí bào hé tóu zī fēng xiǎn yǒng yuǎn chéng zhèng bǐ

2. 無論投資是賺是賠，都要保持好心態。
   wú lùn tóu zī shì zhuàn shì péi dōu yào bǎo chí hǎo xīn tài

3. 銀行發行的理財產品通常比較有保障。
   yín háng fā xíng de lǐ cái chǎn pǐn tōng cháng bǐ jiào yǒu bǎo zhàng

4. 你不僅要看投資回報率，還要考慮兌現時間。
   nǐ bù jǐn yào kàn tóu zī huí bào lǜ hái yào kǎo lǜ duì xiàn shí jiān

5. 以您的資產信譽，可以嘗試申請高槓桿的借貸方案。

6. 除了財富增值，分散風險也很重要。

7. 用儲蓄型保險來對抗通貨膨脹是可行的。

8. 隨着多家P2P平台的突然倒閉，中小投資者大都血本無歸。

9. 美金匯率穩定，該幣種的定期儲蓄是個不錯的投資方向。

10. 除了為自己打算，還得提前為下一代鋪路。

七、請回答下列問題。

1. 你會為激進型客戶推薦怎樣的投資組合？

2. 作為投資者，在購買一種理財產品前應注意哪些細節？

3. 請你說說什麼是「保本型產品」。

4. 你認為保險理財值得推薦嗎？為什麼？

5. 信託類理財產品有什麼特點？

6. 「風險承受能力測試」主要考察哪些內容？
7. 哪一類的理財產品可以起分散風險的作用？
8. 當客戶諮詢短期回報類理財產品時，請為他分析相關利弊。
9. 在為客戶提出理財建議前，你會先瞭解哪些問題？
10. 請為高淨值客戶提出一份穩健的理財產品購買建議。

八、延伸閱讀

AI 投資：是美好未來 還是永難企及的神話？

　　截止 12 月 14 日收盤，全球首隻人工智慧 ETF 基金 AIEQ 報收於 25.37 美元。上市近兩個月，該基金漲幅 0.6%。同期，標普 500 指數漲幅 3.39%，道指漲幅 5.31%。AIEQ 上市以來業績表現落後美股標普 500 指數 2.79%。

　　從初上市時萬眾矚目，到如今少人關注，從上市之初收益率大幅超越基準，到此後持續落後，體現在 AIEQ 身上的巨大落差，似乎象徵了業界對於 AI（人工智慧）投資的兩極化觀點——樂觀者預期它終將立於投資市場之巔，並取代大部分投資經理的崗位；悲觀者則把它看作「神話故事」、「永遠不會成功的永動機」。

　　這個爭議，還在升溫，還將持續。

資料來源：上海證券報 作者：弘文
http://fund.jrj.com.cn/2017/12/15063923795655.shtml

第八課

金融服務

金融服務

» 背景 «

螞蟻金服起步於 2004 年成立的支付寶。2013 年 3 月，支付寶的母公司宣佈將以其為主體籌建小微金融服務集團，小微金融成為螞蟻金服的前身。2014 年 10 月，螞蟻金服正式成立。它是一家專注於服務小微企業與普通消費者的互聯網金融服務公司。旗下擁有支付寶、螞蟻財富、芝麻信用、網商銀行幾大板塊。

» 對話 « 08-00.mp3

小曾 (xiǎo zēng)： 司徒女士 (sī tú nǚ shì)，您好 (nín hǎo)！歡迎來到杭州 (huān yíng lái dào háng zhōu)。

這次主要是想帶您體驗一下移動 (zhè cì zhǔ yào shì xiǎng dài nín tǐ yàn yí xià yí dòng)

支付在我們生活中的普及度 (zhī fù zài wǒ men shēng huó zhōng de pǔ jí dù)。

司徒女士 (sī tú nǚ shì)： 謝謝你 (xiè xie nǐ)。我聽說現在內地人人都有 (wǒ tīng shuō xiàn zài nèi dì rén rén dōu yǒu)

支付寶 (zhī fù bǎo)，現金都花不出去了 (xiàn jīn dōu huā bù chū qù le)。

小曾 (xiǎo zēng)： 您過獎了 (nín guò jiǎng le)，不過移動支付確實給我 (bú guò yí dòng zhī fù què shí gěi wǒ)

們帶來了很多便利 (men dài lái le hěn duō biàn lì)。您看 (nín kàn)，小到路 (xiǎo dào lù)

邊攤檔 (biān tān dàng)，大到星級酒店，它都可以 (dà dào xīng jí jiǔ diàn tā dōu kě yǐ)

通行無阻。

司徒女士：聽上去確實很有吸引力。那有沒有使用門檻？

小曾：只要您實名認證並且綁定一張內地銀行卡，就可以使用了。

除此之外，我們還會根據您的消費習慣進行信用評估，這就是芝麻信用體系。分數越高，權限越大。高分用戶除了一定的透支額度和現金借貸額度以外，還有很多減免優惠。

司徒女士：這就和信用卡類似了。我剛剛完成了帳戶認證。現在我們能試試嗎？

小曾：當然！我們可以騎共享單車。您

dǎ kāi ruǎn jiàn sǎo miáo zhè ge tiáo xíng mǎ　jiù néng
打 開 軟 件 掃 描 這 個 條 形 碼 , 就 能

jiě suǒ le shāo hòu zhí jiē zài lǐ miàn zhī fù jí kě
解 鎖 了。稍 後 直 接 在 裡 面 支 付 即 可。

sī tú nǚ shì　　ò　wǒ míng bai le　yīn wèi wǒ shì xīn yòng hù　suǒ
司徒女士: 噢 , 我 明 白 了。因 為 我 是 新 用 戶 , 所

yǐ xū yào jiǎo nà yā jīn
以 需 要 繳 納 押 金。

xiǎo zēng　　duì　nín kàn　yīn wèi wǒ de zhī ma xìn yòng yǒu
小　曾　: 對。您 看 , 因 為 我 的 芝 麻 信 用 有 729

fēn　shǔ yú　jí hǎo　suǒ yǐ kě yǐ miǎn jiāo yā
分 , 屬 於「極 好」, 所 以 可 以 免 交 押

jīn　zhí jiē qí zǒu le
金 , 直 接 騎 走 了。

sī tú nǚ shì　hā hā zhēn xiàn mù nǐ　zhè tài fāng biàn le　wǒ men
司徒女士: 哈 哈 , 真 羨 慕 你 ! 這 太 方 便 了 , 我 們

zǒu ba
走 吧。

xiǎo zēng　　hǎo de　zǒu ba　dào le xī hú biān wǒ zài gěi nín màn
小　曾　: 好 的 , 走 吧 ! 到 了 西 湖 邊 我 再 給 您 慢

mānr jiè shào
慢 兒 介 紹。

一、語音知識:聲母辨正(二)

普通話中還有兩組聲母的分辨也常常成為粵語使用者的難點,
一組是鼻音 n 和邊音 l 的分辨,另一組是 f、k、h 的分辨。

本課將其分組進行對比：

1. 分辨 n---l

哪裡 (nǎli)	努力 (nǔlì)	能量 (néngliàng)
冷暖 (lěngnuǎn)	罹難 (línàn)	留念 (liúniàn)
男女 (nánnǔ)	襤褸 (lánlǚ)	連年 (liánnián)
腦力 (nǎolì)	老農 (lǎonóng)	年曆 (niánlì)

2. 分辨 f---h

防護 (fánghù)	繁華 (fánhuá)	分化 (fēnhuà)
合法 (héfǎ)	花費 (huāfèi)	恢復 (huīfù)
海防 (hǎifáng)	烽火 (fēnghuǒ)	荒廢 (huāngfèi)

3. 分辨 f---k

罰款 (fákuǎn)	反饋 (fǎnkuì)	分開 (fēnkāi)
開放 (kāifàng)	庫房 (kùfáng)	狂風 (kuángfēng)
克服 (kèfú)	寬泛 (kuānfàn)	房款 (fáng kuǎn)

二、語音練習

1. 請拼讀下列詞語，把聲母寫在括號內：

老（ ）齡（ ）	鬧（ ）鈴（ ）
牢（ ）籠（ ）	奶（ ）酪（ ）
理（ ）髮（ ）	開（ ）花（ ）
分（ ）離（ ）	婚（ ）禮（ ）

2. 請把下列詞語的拼音和漢字用直線連上：

分類	nónglín
婚戀	fēnlèi
農林	hūnliàn
玲瓏	hóngfēng
開會	línglóng
回覆	fènkǎi
憤慨	kāihuì
洪峰	huífù

三、容易讀錯的詞和字  08-03.mp3

xiōng xiǎn 兇 險	——	kòng xián 空 閒
lǎo wēng 老 翁	——	yōng yī 庸 醫
kāng kǎi 慷 慨	——	jiàn kāng 健 康
rì zi 日 子	——	yì zǐ 義 子
rán hòu 然 後	——	yán lùn 言 論
tǐ yàn 體 驗	——	tǐ tài 體 態
pǔ jí dù 普 及 度	——	rén xíng dào 人 行 道

zhī fù bǎo 支付寶	——	jī fū 肌膚
xiàn jīn 現金	——	yán jìn 嚴禁
xiàn mù 羨慕	——	xiǎn mù 顯目

四、普通話詞彙及知識點

1. 廣東話的「電髮」，普通話應説成「燙髮 / 燙頭髮」。
   例如：（廣東話）唔該，我想電髮。
   　　　（普通話）麻煩你，我想燙頭髮。

2. 廣東話的「插蘇」，普通話應説成「插座」。
   例如：（廣東話）插蘇係邊度？
   　　　（普通話）插座在哪裡？

3. 廣東話的「雞碎」，普通話應説成「一點兒 / 一丁點兒」。
   例如：（廣東話）我今年人工加得雞碎咁多。
   　　　（普通話）我今年工資只漲了一丁點兒。

4. 廣東話的「增值」，普通話應説成「充值」。
   例如：（廣東話）我張八達通已經冇錢啦，我要去增值。
   　　　（普通話）我的交通卡已經沒錢了，我得去充值。

5. 廣東話的「按金」，普通話應說成「押金」。
   例如：（廣東話）用支付寶洗唔洗按金？
   　　　（普通話）用支付寶要不要給押金？

五、小笑話  08-05.mp3

甲：　你有什麼「臘腸」？

乙：　我們家沒有臘腸。

乙：　不是，我是說對於這件事，你有什麼「臘腸」？

甲：　噢！原來你想問我的立場。

乙：　對！

六、聽錄音，朗讀句子。 08-06.mp3

1. yí dòng zhī fù bù jǐn fāng biàn ér qiě bǐ xiàn jīn jiāo yì gèng ān
   移動支付不僅方便，而且比現金交易更安
   quán
   全。

2. wēi xìn　zhī fù bǎo děng hù lián wǎng jù tóu　dōu xiǎng zài xiǎo
   微信、支付寶等互聯網巨頭，都想在小
   wēi jīn róng yè wù zhōng fēn yì bēi gēng
   微金融業務中分一杯羹。

3. jīn róng shì chǎng de fán róng yǔ shè huì de zì yóu kāi fàng xī xī
   金融市場的繁榮與社會的自由開放息息
   xiāng guān
   相　關。

4. gè rén zhēng xìn jì lù de hǎo huài jiāng yǐng xiǎng dào gōng mín
   個人徵信記錄的好壞將影響到公民

rì hòu shǐ yòng jīn róng fú wù de fāng fāng miàn miàn
日 後 使 用 金 融 服 務 的 方 方 面 面。

5. yóu yú jìn qī yǒu xiǎo é dài kuǎn jì lù wǒ de fáng dài jìng rán
由 於 近 期 有 小 額 貸 款 記 錄，我 的 房 貸 竟 然
bèi yín háng jù jué le
被 銀 行 拒 絕 了。

6. xiàn zài wǎng luò fàng dài jī gòu yòu duō yòu luàn nín yí dìng yào
現 在 網 絡 放 貸 機 構 又 多 又 亂，您 一 定 要
shèn zhòng kǎo lǜ
慎 重 考 慮。

7. gōng sī jìn xíng fēng xiǎn píng gū hòu huì jǐn kuài pī hé nín de
公 司 進 行 風 險 評 估 後，會 儘 快 批 核 您 的
shēn qǐng
申 請。

8. suī rán dà píng tái de fú wù fèi xiāng duì jiào gāo dàn hǎo zài
雖 然 大 平 台 的 服 務 費 相 對 較 高，但 好 在
zhèng guī kě kào
正 規 可 靠。

9. yí dòng zhī fù zhèng màn mān qǔ dài xìn yòng kǎ hé xiàn jīn chéng
移 動 支 付 正 慢 慢 取 代 信 用 卡 和 現 金，成
wéi rén men de shǒu xuǎn
為 人 們 的 首 選。

10. wǒ xiǎng liǎo jiě yí xià zhuān mén wèi zhōng xiǎo qǐ yè tí gōng
我 想 瞭 解 一 下 專 門 為 中 小 企 業 提 供
jīn róng fú wù de jī gòu
金 融 服 務 的 機 構。

七、請回答下列問題。

1. 你所在地區的金融服務主要包括哪幾大類？

2. 你在中國內地用過移動支付嗎？感覺怎麼樣？

3. 你覺得金融徵信系統對個體來說是件好事嗎？為什麼？

4. 銀行在審批貸款時主要考慮哪些因素？

5. 你覺得大學生可輕鬆獲批信用卡，這樣合理嗎？

6. 你知道「芝麻信用」體系嗎？如何評價它？

7. 針對企業和針對個人的借貸服務有哪些不同？

8. 從事跨境金融服務的機構通常需要具備哪些條件？

9. 香港的金融服務對來自內地的客戶來說，有哪些賣點？

10. 假設你從事併購業務，在選擇併購目標時，你最看重什麼方面？

八、延伸閱讀

支付寶

支付寶，是螞蟻金服旗下的協力廠商支付平台，2004 年 12 月由中國阿里巴巴集團於杭州創辦，原本隸屬於阿里巴巴集團，現在為阿里巴巴集團的關聯公司，隸屬於浙江螞蟻金服。支付寶可以進行線上支付，官方應用支援信用卡免費還款、話費 Q 幣充值、水電燃氣費繳款。還可以進行航空旅遊繳費、教育繳費、預定金繳納並進行大型活動購票。

現今，支付寶更成為中國大陸地區的主要支付系統，且有多數中國民眾已將支付寶取代現金或信用卡等交易方式，成為目前中國主流付款方式之一。

改編自維基百科

https://zh.wikipedia.org/wiki/ 支付寶

第九課

買基金

買基金

》背景《

中國內地與香港於 2015 年 7 月 1 日啟動了「中國內地與香港基金互認安排」，使符合資格的內地基金得以「南下」，進入香港市場。互認之後，香港投資者無需赴內地開設戶口，亦可直接投資相關產品。港人周經理看中了這個投資機會，來到證券公司向她的基金中介魏瑩詢問購買事宜。

》對話《    09-00.mp3

周經理：
zhōu jīng lǐ

wèi xiǎo jie　hǎo jiǔ bú jiàn　zuì jìn wǒ duì nèi dì de jī
魏小姐，好久不見。最近我對內地的基

jīn yǒu diǎnr xīn dòng zài xiāng gǎng gòu mǎi de huà　má
金有點兒心動，在香港購買的話，麻

fan bù má fan
煩不麻煩？

魏瑩：
wèi yíng

zhōu jīng lǐ nín hǎo yòu jiàn miàn le　zì cóng yǒu le
周經理您好，又見面了。自從有了

zhōng gǎng jī jīn hù rèn xiàn zài wǒ men tóu zī nèi dì
中港基金互認，現在我們投資內地

jī jīn fēi cháng fāng biàn　nín yǐ kāi shè tóu zī hù
基金非常方便。您已開設投資戶

kǒu　xiàng yǐ qián yí yàng zhí jiē tōng guò xìn tuō rén
口，像以前一樣直接通過信託人

cāo zuò jí kě
操作即可。

周經理：那太好了！你有什麼建議嗎？我很相信你的判斷。

魏瑩：目前市場准入的內地基金一共有13隻，資產規模都在兩億人民幣以上。根據周經理之前的投資習慣，我覺得您可以考慮「工銀瑞信核心價值混合型基金」。它是第一批獲批的四隻基金之一，依託工商銀行，成立以來收益率有543.51%，年化收益率達到了15.34%。

周經理：請稍等。噢，我看到了。激進配置組別的產品會不會風險過高？

魏瑩：以我的分析，這款基金的風險收益比還是比較樂觀的。我先把它的

買基金

zhāo mù shuō míng shū hé chǎn pǐn zī liào gài yào fā
招　募　説　明　書　和　產　品　資　料　概　要　發

gěi nín　zài xiàng nín xiáng xì jiǎng jiě qí zhōng de shù
給　您，再　向　您　詳　細　講　解　其　中　的　數

jù　hǎo ma
據，好　嗎？

zhōu jīng lǐ　má fan nǐ le　nǐ zhēn shi bāng le wǒ de dà máng
周　經　理：麻　煩　你　了，你　真　是　幫　了　我　的　大　忙。

wèi yíng　nǎ li nǎ li　zhè shì wǒ yīng gāi zuò de
魏　瑩　：哪　裡　哪　裡，這　是　我　應　該　做　的。

一、語音知識：韻母辨正（一）

本課將主要分辨普通話中前鼻音 -n 和後鼻音 -ng 的發音。發
前鼻韻母 -n 時，舌尖要前伸抵住上齒齦。發音時開口度較小，
聽起來較輕短，不夠響亮。讀後鼻韻母 -ng 時，舌根要後縮
抵住軟齶。發音時開口度略大，聽起來較重，較響亮。下面
將分組進行比對練習：

1. an-ang

南方 (nánfāng)　　　　繁忙 (fánmáng)

抗戰 (kàngzhàn)　　　傍晚 (bàngwǎn)

方案 (fāng'àn)　　　　伴當 (bàndāng)

擅長 (shàncháng)　　　當然 (dāngrán)

2. en-eng

審慎 (shěnshèn)　　　　神聖 (shénshèng)
分文 (fēnwén)　　　　　風聞 (fēngwén)
城鎮 (chéngzhèn)　　　人生 (rénshēng)
本能 (běnnéng)　　　　省份 (shěngfèn)

3. in-ing

瀕臨 (bīnlín)　　　　　冰凌 (bīnglíng)
貧民 (pínmín)　　　　　平明 (píngmíng)
精心 (jīngxīn)　　　　　靈敏 (língmǐn)
民警 (mínjǐng)　　　　　盡興 (jìnxìng)

4. uan-uang

寬廣 (kuānguǎng)　　　端莊 (duānzhuāng)
觀光 (guānguāng)　　　船王 (chuánwáng)
壯觀 (zhuàngguān)　　　慌亂 (huāngluàn)
雙簧 (shuānghuáng)　　晚霜 (wǎnshuāng)

二、語音練習

1. 請將下列詞語分成前鼻音韻母和後鼻音韻母兩組：

嬸嬸　　　行星　　隱隱　　親近　　情景　　聲聲
光明　　　官民探親　　生長
前：(　　　　　　　　　　　　　　　　　　　)
後：(　　　　　　　　　　　　　　　　　　　)

2. 請給下列詞語標上拼音並朗讀出來：

振振有詞 _____ 蒸蒸日上 _____

明察暗訪 _____ 心胸寬廣 _____

兵臨城下 _____ 平凡人生 _____

三、容易讀錯的詞和字 09-03.mp3

lǐ ràng 禮 讓	——	mú yàng 模 樣
zhū ròu 豬 肉	——	yù qì 玉 器
lǎo wēng 老 翁	——	yōng lù 庸 碌
kē xué 科 學	——	huò lún 貨 輪
cè suǒ 廁 所	——	qì sè 氣 色
gòu mǎi 購 買	——	gāo mài 高 邁
hù rèn 互 認	——	hū yìng 呼 應
xìn tuō 信 託	——	xūn táo 薰 陶
lè guān 樂 觀	——	luò kōng 落 空
xí guàn 習 慣	——	zá gǎn 雜 感

四、普通話詞彙及知識點

1. 廣東話的「太子爺」，普通話應説成「少東家」。

    例如：（廣東話）呢位係我哋嘅太子爺，佢想買債券基金。

    （普通話）這位是我們的少東家，他想買債券基金。

2. 廣東話的「熄燈」，普通話應説成「關燈」。

    例如：（廣東話）你走之前記得熄燈。

    （普通話）你離開之前記得關燈。

3. 廣東話的「褸」，普通話應説成「外套」。

    例如：（廣東話）出面凍啊，着返件褸啦！

    （普通話）外邊冷啊，你把外套穿上吧。

4. 廣東話的「睇好」，普通話應説成「看好」。

    例如：（廣東話）我睇好今年嘅股市。

    （普通話）我看好今年的股市。

5. 廣東話的「失魂」，普通話應説成「精神恍惚、糊裡糊塗」。

    例如：（廣東話）對唔住！我好失魂，唔記得叫你簽名。

    （普通話）對不起！我真糊塗，忘了讓你簽字。

五、小笑話： 09-05.mp3

甲： 「白癡」呢？

乙： 什麼白癡？這裡沒有傻子。

乙： 不是，我是説寫字用的「白癡」。

甲： 噢！原來你想找白紙。

乙： 對！

六、聽錄音，朗讀句子。　🎧 09-06.mp3

1. 在 購 買 基 金 之 前，您 需 要 開 設 一 個 投 資 戶 口。

2. 您 應 該 時 不 時 地 關 注 一 下 強 積 金 的 回 報。

3. 中 港 基 金 互 認 讓 兩 岸 投 資 者 可 以 更 方 便 地 購 買 香 港 及 內 地 的 基 金。

4. 只 有 資 產 規 模 超 過 兩 億 的 基 金，才 有 可 能 獲 准 進 入 香 港 市 場。

5. 我 有 點 兒 擔 心 這 樣 做 太 冒 險 了。

6. 請 您 看 完 我 發 過 去 的 招 募 説 明 書 後 再 做 決 定，好 嗎？

7. 這 些 數 據 太 複 雜 了，你 給 我 講 講 吧。

8. <ruby>您<rt>nín</rt></ruby> <ruby>別<rt>bié</rt></ruby> <ruby>親<rt>qīn</rt></ruby> <ruby>自<rt>zì</rt></ruby> <ruby>過<rt>guò</rt></ruby> <ruby>來<rt>lai</rt></ruby> <ruby>了<rt>le</rt></ruby>， <ruby>授<rt>shòu</rt></ruby> <ruby>權<rt>quán</rt></ruby> <ruby>給<rt>gěi</rt></ruby> <ruby>信<rt>xìn</rt></ruby> <ruby>託<rt>tuō</rt></ruby> <ruby>人<rt>rén</rt></ruby> <ruby>操<rt>cāo</rt></ruby> <ruby>作<rt>zuò</rt></ruby> <ruby>就<rt>jiù</rt></ruby> <ruby>行<rt>xíng</rt></ruby> <ruby>了<rt>le</rt></ruby>。

9. <ruby>一<rt>yí</rt></ruby> <ruby>旦<rt>dàn</rt></ruby> <ruby>簽<rt>qiān</rt></ruby> <ruby>字<rt>zì</rt></ruby> <ruby>確<rt>què</rt></ruby> <ruby>認<rt>rèn</rt></ruby>， <ruby>就<rt>jiù</rt></ruby> <ruby>無<rt>wú</rt></ruby> <ruby>法<rt>fǎ</rt></ruby> <ruby>更<rt>gēng</rt></ruby> <ruby>改<rt>gǎi</rt></ruby> <ruby>了<rt>le</rt></ruby>。

10. <ruby>無<rt>wú</rt></ruby> <ruby>論<rt>lùn</rt></ruby> <ruby>從<rt>cóng</rt></ruby> <ruby>短<rt>duǎn</rt></ruby> <ruby>期<rt>qī</rt></ruby> <ruby>還<rt>hái</rt></ruby> <ruby>是<rt>shì</rt></ruby> <ruby>長<rt>cháng</rt></ruby> <ruby>期<rt>qī</rt></ruby> <ruby>角<rt>jiǎo</rt></ruby> <ruby>度<rt>dù</rt></ruby> <ruby>來<rt>lái</rt></ruby> <ruby>看<rt>kàn</rt></ruby>， <ruby>這<rt>zhè</rt></ruby> <ruby>款<rt>kuǎn</rt></ruby> <ruby>基<rt>jī</rt></ruby> <ruby>金<rt>jīn</rt></ruby> <ruby>都<rt>dōu</rt></ruby> <ruby>很<rt>hěn</rt></ruby> <ruby>有<rt>yǒu</rt></ruby> <ruby>競<rt>jìng</rt></ruby> <ruby>爭<rt>zhēng</rt></ruby> <ruby>力<rt>lì</rt></ruby>。

七、請回答下列問題。

1. 香港的基金，從風險收益比上分為哪幾個類型？

2. 作為基金購買者，你更看重風險還是收益？

3. 內地基金市場和香港基金市場，最大的區別在哪兒？

4. 內地居民在香港購買基金需要辦理哪些手續？

5. 你會設計哪些問題來為客戶分析投資習慣？

6. 如果客戶購買你建議的基金後出現了虧損，請嘗試做出解釋。

7. 越大的平台發行的基金越可靠嗎？你怎麼看？

8. 對完全沒有投資經驗和金融知識的客戶，你會提出怎樣的建議？

9. 如果你的基金中介與你想法不同，你會聽取對方的建議還是相信自己的選擇？

10. 如果一款基金長期來看是有盈利的，但是去年卻虧損了，你還會給客戶推薦嗎？為什麼？

八、閱讀鏈接

投資基金的好處

基金為個人投資者提供簡單和有效的投資方法，使財富隨時日增長。主要的優點包括：

一、專業管理

基金由專業基金經理管理，他們根據基金的投資目標確定最佳的投資機會，並作出投資及控制風險。

基金經理平均具備三至五年投資管理經驗。

透過國際網絡，基金經理能獲得第一手宏觀及微觀經濟資料，藉以作出明智的投資決定。

二、提供環球投資機會

很多本港投資者都希望涉足環球市場，但往往因為成本高昂及缺乏時間、市場情報和入市途徑，以致望而卻步。基金的最低投資額一般只是一千美元，令投資者能夠藉此掌握海外投資的機會。

三、分散風險

一般來說，每個基金都投資於五十種證券或以上，即使其中一種證券受到政治、經濟及投資因素影響，以致蒙受損失，也可靠其他獲利的證券投資來抵銷，從而為投資者分散風險。

四、容易變現、易於掌握

基金像股票一樣，可以每日買賣，方便投資者套現。

　　大部分基金經理每日都會在報章或透過分銷商報價，因此投資者極容易掌握自己的投資情況。

資料來源：香港投資基金公會
https://www.hkifa.org.hk/chi/fund-investment-101.aspx#Q1

炒股票

炒股票

━━━━━━━━━━ ≫ 背景 ≪ ━━━━━━━━━━

炒股就是從事股票的買賣活動。炒股的核心內容就是通過證券市場的買入與賣出之間的股價差額，獲取利潤。王太太是一位 80 後的全職媽媽，育有兩名子女，分別是 6 歲和 9 歲。家中的日常開支主要依靠其先生每月大概 5 萬元的收入，王太太現在手頭上有 50 萬可自由支配的現金，她正在向股票經紀張小姐諮詢應該如何投資。

━━━━━━━ ≫ 對話 ≪ ━━━━━━━ 10-00.mp3

王太太：小張，你好！我現在手頭上有五十萬可以自由支配的現金，想問一下你有什麼投資建議嗎？我現在手頭上已經有三千股平安保險，買入平均價是八十四塊，還有五千股滙豐，買入平均價是76塊。我現在的股票都是月供的，每月都得支付手續費及保管費，我覺得有點兒麻煩，也不划算。

張小姐：王太太，您好！月供股票要支付手續費的確是個問題，但是如果每月供款的金額較大的話，手續費就會相對較少；而且，月供股票也是較好累積財富的方法，尤其是針對不太懂得分析股票的投資者。你現在手頭上的這兩隻股票都具有長期持有的價值，可以持有五年或十年都沒有問題。現在您可以考慮將五十萬現金的一半投入股市，買進一些平穩增值的藍籌股，像港鐵、領展或者盈富基金等，除此之外，你也可以考慮購買債券。

王太太：謝謝你的建議。我不是特別懂炒

股，現在的股市波動很大，如果我將大部分錢都投入股市會不會風險太大？

張小姐：王太太，您不需要太擔心，股市的波動只是股價上的波動，只要是企業的業務穩定，就不會有太大的問題，買股票說到底就是買企業。

王太太：好的，非常感謝你的建議，等我好好兒考慮一下，有什麼需要我再找你。

張小姐：不客氣，王太太，您可以隨時聯繫我。

一、語音知識：韻母辨正（二）

粵語中一般沒有介音，所以很多粵語使用者在讀帶有介音的音節時，常常會把介音忽略或者含糊過去。本課將幫助大家認讀一些帶有介音的韻母。

1. -ia
   下嫁 (xiàjià)　　　　　　加價 (jiā jià)
   掐架 (qiā jià)　　　　　　恰恰 (qiàqià)

2. -iao
   飄渺 (piāomiǎo)　　　　　嬌小 (jiāoxiǎo)
   調教 (tiáojiào)　　　　　蕭條 (xiāotiáo)

3. -ie
   結節 (jiéjié)　　　　　　斜街 (xiéjiē)
   趔趄 (lièqie)　　　　　　貼切 (tiēqiè)

4. -iou
   琉球 (liú qiú)　　　　　　久留 (jiǔliú)
   求救 (qiújiù)　　　　　　優秀 (yōuxiù)

5. -iang
   獎項 (jiǎngxiàng)　　　　響亮 (xiǎngliàng)
   踉蹌 (liàngqiàng)　　　　強搶 (qiáng qiǎng)

6. -uo
座落 (zuòluò)　　　　懦弱 (nuòruò)
碩果 (shuòguǒ)　　　　活捉 (huózhuō)

7. -ui
摧毀 (cuīhuǐ)　　　　罪魁 (zuìkuí)
退回 (tuìhuí)　　　　回饋 (huíkuì)

8. -uang
裝璜 (zhuānghuáng)　　　雙床 (shuāng chuáng)
狂妄 (kuángwàng)　　　狀況 (zhuàngkuàng)

9. -üe
約略 (yuēlüè)　　　　絕學 (juéxué)
雀躍 (quèyuè)　　　　缺血 (quē xiě)

10. -üan
涓涓 (juānjuān)　　　源泉 (yuánquán)
軒轅 (xuānyuán)　　　拳拳 (quánquán)

二、語音練習

1. 請寫出下列詞語的韻母：
恰巧 (　) (　)　　　瞭解 (　) (　)
挑選 (　) (　)　　　消滅 (　) (　)

荒謬（　）（　）　　　扭轉（　）（　）
醞釀（　）（　）　　　牽強（　）（　）
缺點（　）（　）　　　捐款（　）（　）

2. 請寫出下列句子的拼音，注意韻母的拼法：
(1) 讀一本好書，就是和許多高尚的人談話。

_____。

(2) 香港的經濟優勢紮根於自由的經濟體制和簡單的稅制。

_____。

(3) 我很喜歡陶淵明的《歸田園居》，嚮往自然的田園生活。

_____。

三、容易讀錯的詞和字　🎧 10-03.mp3

ěr jī 耳機	——	yǐ jí 以及
qióng kùn 窮困	——	kōng kuò 空闊
mù nè 木訥	——	nà rù 納入
cè suǒ 廁所	——	qǐ sù 起訴
huān xīn 歡欣	——	hūn yīn 婚姻

炒股票

zì yóu 自由	——	jī yóu 機油
tóu zī 投資	——	tóu jī 投機
chǎo gǔ 炒股	——	chāo hū 超乎
fēng xiǎn 風險	——	fèng xiàn 奉獻
jiàn yì 建議	——	qiǎn yì 淺易

四、普通話詞彙及知識點

1. 廣東話的「蝕錢」，普通話應說成「虧錢」。
   例如：（廣東話）炒股記得唔好蝕錢。
   （普通話）炒股記得不要虧錢。

2. 廣東話的「招股價」，普通話應說成「發行價」。
   例如：（廣東話）小米嘅招股價係幾多？
   （普通話）小米的發行價是多少？

3. 廣東話的「重磅股」，普通話應說成「重倉股」。
   例如：（廣東話）重磅股騰訊今日升咗 2%。
   （普通話）重倉股騰訊今天漲了 2%。

4. 廣東話的「招股書」，普通話應説成「招股説明書」。

例如：（廣東話）有冇阿里巴巴嘅招股書？

（普通話）有沒有阿里巴巴的招股説明書？

5. 廣東話的「市況疲弱」，普通話應説成「盤軟」。

例如：（廣東話）今日股市市況疲弱。

（普通話）今天股市盤軟。

五、小笑話 10-05.mp3

甲： 你在「劏魚」嗎？

乙： 我沒在做魚湯，我在收拾魚。一會兒我把魚蒸了，咱們
一起吃。

甲： 噢！原來廣東話的「劏魚」，普通話叫收拾魚。

乙： 對！

六、聽錄音，朗讀句子。 10-06.mp3

zuì jìn xīn sān bǎn zhǎng fú tài bú zhèng cháng le
1. 最近新三板漲幅太不正常了。

zhuān jiā jiān xìn gǔ hěn kuài jiù huì chù dǐ fǎn tán
2. 專家堅信Ａ股很快就會觸底反彈。

suí zhe gǔ shì de bào diē xǔ duō gǔ mín dōu bèi tào láo le
3. 隨着股市的暴跌，許多股民都被套牢了。

gǔ mín ná xián qián chǎo gǔ piào cái néng yǒu liáng hǎo de xīn tài
4. 股民拿閒錢炒股票才能有良好的心態。

炒股票

5. 雖^{suī}然^{rán}大^{dà}盤^{pán}走^{zǒu}低^{dī}，但^{dàn}他^{tā}買^{mǎi}的^{de}幾^{jǐ}隻^{zhī}股^{gǔ}票^{piào}一^{yì}直^{zhí}在^{zài}漲^{zhǎng}。

6. 新^{xīn}認^{rèn}購^{gòu}的^{de}股^{gǔ}票^{piào}中^{zhòng}簽^{qiān}了^{le}，我^{wǒ}們^{men}去^{qù}慶^{qìng}祝^{zhù}慶^{qìng}祝^{zhù}吧^{ba}！

7. 要^{yào}是^{shi}你^{nǐ}當^{dāng}初^{chū}肯^{kěn}聽^{tīng}我^{wǒ}的^{de}，現^{xiàn}在^{zài}資^{zī}產^{chǎn}起^{qǐ}碼^{mǎ}能^{néng}翻^{fān}倍^{bèi}。

8. 連^{lián}藍^{lán}籌^{chóu}股^{gǔ}也^{yě}受^{shòu}到^{dào}了^{le}中^{zhōng}美^{měi}貿^{mào}易^{yì}戰^{zhàn}的^{de}波^{bō}及^{jí}。

9. 我^{wǒ}已^{yǐ}經^{jing}做^{zuò}好^{hǎo}了^{le}割^{gē}肉^{ròu}退^{tuì}出^{chū}的^{de}準^{zhǔn}備^{bèi}。

10. 雖^{suī}然^{rán}王^{wáng}太^{tài}太^{tai}不^{bú}會^{huì}看^{kàn}股^{gǔ}票^{piào}的^{de}價^{jià}格^{gé}走^{zǒu}勢^{shì}圖^{tú}，但^{dàn}是^{shì}她^{tā}把^{bǎ}握^{wò}買^{mǎi}賣^{mài}時^{shí}機^{jī}把^{bǎ}握^{wò}得^{de}特^{tè}別^{bié}好^{hǎo}。

七、請回答下列問題。

1. 香港的基金從風險收益比上分為哪幾個類型？

2. 作為基金購買者，你更看重風險還是收益？

3. 內地基金市場和香港最大的區別在哪兒？

4. 內地居民在香港購買基金需要哪些手續？

5. 你會設計哪些問題來為客戶分析投資習慣？

6. 如果客戶購買你建議的基金後出現了虧損，請嘗試做出解釋。
7. 越大的平台發行的基金越可靠嗎？你怎麼看？
8. 對完全沒有投資經驗和金融知識的客戶，你會提出怎樣的建議？
9. 如果你的基金中介與你想法不同，你會聽取建議還是相信自己的選擇？
10. 如果一款基金總體盈利，但去年虧損，你還會推薦嗎？為什麼？

八、延伸閱讀

新手炒股需要注意什麼

第一條： 就是要學習學習再學習。不管是做任何一項工作，都必須學好相關的專業知識。

第二條： 必須學會獨立思考。每個人的操盤風格都是不同的，所以一個人必須學會有自己獨立的思考方式以及操盤方式。

第三條： 操盤必須從實戰中學習。在操盤初期，新股民應該儘可能做操盤交易，但是每次交易的數量應該比較小。

第四條： 必須學會控制自己的心態。有耐心，也要有紀律性。面前最大的敵人不是股市，也不是選擇哪一隻股票，而是每個人內心裡的自我觀念。

第五條： 開始學習操盤時不要急於求成，從小規模的操盤開始做起。

第六條： 是我們要順着股市的大趨勢走，不要和股市作對，如果股市在上升，我們就買進，如果在下跌，我們就賣出。

第七條： 學會控制好情緒的波動。面對變化莫測的股市，保持冷靜的頭腦和穩定的情緒極其重要。賺錢是整個操盤表現的一部分，賠錢也是兵家常事，因此沒有必要對自己失去信心。

　　最後提醒廣大投資者，炒股有風險，入市謹慎的同時，也請保持良好的投資心態。

保險公司

保險公司

》 背景 《

香港目前有 160 家保險公司，十多萬名的保險銷售人員，
2017 年香港保險界的收入高達 4.896 億元，佔香港 GDP 的
18.4%。龐大的中國內地保險市場為香港的保險業帶來了巨大
的商機，再加上政府近期推出的一帶一路、大灣區的發展計
劃更是令香港的保險業獲益匪淺。劉女士打算給家人買一份
保險，她正在向保險經紀王小姐瞭解相關的產品。

》 對話 《  11-00.mp3

王 小姐：
wáng xiǎo jie
劉女士您好，我是友邦保險公司
liú nǚ shì nín hǎo wǒ shì yǒu bāng bǎo xiǎn gōng sī
的客戶主任，請問您想瞭解哪一
de kè hù zhǔ rèn qǐng wèn nín xiǎng liǎo jiě nǎ yì
方面的產品，我可以給您介紹一下。
fāng miàn de chǎn pǐn wǒ kě yǐ gěi nín jiè shào yí xià

劉女士：
liú nǚ shì
你好！王小姐，我想諮詢一下貴
nǐ hǎo wáng xiǎo jie wǒ xiǎng zī xún yí xià guì
公司的醫療保險和教育基金。
gōng sī de yī liáo bǎo xiǎn hé jiào yù jī jīn

王 小姐：
wáng xiǎo jie
好的，沒問題。請問我可以先瞭解
hǎo de méi wèn tí qǐng wèn wǒ kě yǐ xiān liǎo jiě
一下您的個人情況嗎？這樣的話
yí xià nín de gè rén qíng kuàng ma zhè yàng de huà
我可以推薦最適合您的產品。
wǒ kě yǐ tuī jiàn zuì shì hé nín de chǎn pǐn

劉女士：當然可以。我今年40歲，最主要是想為自己買一份醫療保險，還有為十歲的兒子買一份教育基金。我的預算大概是每月五千塊。

王小姐：好的，請問您的身體狀況怎麼樣，是否做過任何的大型手術？是否有抽煙和喝酒的習慣？還有您是從事什麼職業的？

劉女士：我的身體一直都很好，沒有做過什麼手術，不抽煙不喝酒，我是一名律師。

王小姐：好的，明白了，根據您的預算，我可以給您推薦兩份保險計劃，這兩份計劃都是帶有儲蓄性質

的；另外，關於教育基金，我建議

您可以買我們最新的產品「充裕未

來」計劃。您只需要每年繳五萬元，

繳夠五年的話，您的孩子十九歲到

二十二歲讀大學期間一共可以提取

三十萬元。另外，我們這裡還有

一份退休保障的計劃，您也可以參

考一下。

劉女士：好的，謝謝，我先看看，之後再

聯繫你。

王小姐：好的，沒問題。

一、語音知識：變調的辨析

普通話的變調難點主要在於上聲（第三聲）的變調和「一」、「不」的變調。本課將分組進行一些針對性的練習。

1. 上聲連讀時的變調：當兩個上聲音節連讀時，一般前一個上聲會變為陽平；當三個或多個上聲音節連讀時，一般會根據句意以及説話的速度或停頓進行分割和變化。請注意連讀的上聲詞在書寫拼音時仍標原調，只有在實際發音時才會變調。所以下列例詞標註的是實際發音時的調號。例如：

／ ˇ	／ ˇ	／ ˇ	／ ˇ	／ ／ ˇ	／ ／ ˇ
領 導	理 想	保 守	允 許	演 講 稿	可 以 走

ˇ ／ ／ （／ ／ ˇ）	ˇ ／ ／ （／ ／ ˇ）
我 很 好 （我 很 好）	買 手 錶 （買 手 錶）

／ ˇ ／ ˇ	／ ／ ˇ ／ ˇ ／ ˇ
我 也 很 好	我 也 有 兩 把 雨 傘

2. 「一」的變調：「一」在單唸或出現在詞語末尾時讀本調陰平，出現在去聲或輕聲前都唸陽平；出現在陰平、陽平、上聲前都唸去聲。注意在拼寫和發音時都標註「一」的實際讀音。例如：

統一 (tǒngyī)　唯一 (wéiyī)　始終如一 (shǐzhōngrúyī)
一致 (yízhì)　一貫 (yíguàn)　一帶一路 (yídài yílù)
一天 (yì tiān)　一年 (yì nián)　一手一腳 (yì shǒu yì jiǎo)
一心一意 (yìxīn-yíyì)　一草一木 (yìcǎo-yímù)

3. 「不」的變調：「不」在單唸或出現在詞語末尾時讀本調去聲，變調情況與「一」的變調相同，即出現在去聲或輕聲前都唸陽平；出現在陰平、陽平、上聲前都唸去聲。注意在拼寫和發音時都標註「不」的實際讀音。例如：

他偏不 (tā piān bù)　　　　　敢於説不 (gǎnyú shuō bù)

不便 (búbiàn)　不錯 (búcuò)　不見不散 (bújiàn-búsàn)

不行 (bùxíng)　不醒 (bù xǐng)　不依不饒 (bùyī-bùráo)

不聞不問 (bùwén-búwèn)　　不吐不快 (bùtǔ-búkuài)

二、語音練習

1. 請朗讀下列成語或短語，並按照實際的發音標出聲調：

———	———	———
不大不小	不早不晚	不好不壞

———	———	———
一五一十	一板一眼	一見如故

———	———	———
不管不顧	一生一世	不一而足

2. 請朗讀下列句子，並圈出「上聲」變調的字詞。

（1）幾百年來，香港從一個不起眼的海港碼頭，發展成為今天的繁華之都。

（2）他秉持「鐵杵磨成針」的信念，終於減肥成功，真是可喜可賀。

（3）我們已經步入法治社會，家庭暴力問題也早已擺脫僅僅依靠道德審判的舊傳統。

三、容易讀錯的詞和字 11-03.mp3

yù niàn 慾 念	——	róu ruǎn 柔 軟
qíng lǚ 情 侶	——	qiào lì 俏 麗
miǎn qiǎng 勉 強	——	mǎn qiāng 滿 腔
yǐ hòu 以 後	——	jì hào 記 號
jù jué 拒 絕	——	jù dà 巨 大
chǎn pǐn 產 品	——	cán pò 殘 破
zī xún 諮 詢	——	zì xìn 自 信
tuī jiàn 推 薦	——	tuī jiè 推 介
yī liáo 醫 療	——	yì liào 意 料
wèi lái 未 來	——	mèi lì 魅 力

四、普通話詞彙及知識點

1. 廣東話的「斗零」，普通話應說成「一點兒錢」。
   例如：（廣東話）每日使斗零咁多就可以買個保障。
   　　　（普通話）每天花一點兒錢就可以買個保障。

2. 廣東話的「人客」，普通話應說成「客人」。
   例如：（廣東話）賣保險唔可以得罪 D 人客㗎！
   　　　（普通話）賣保險是不能得罪客人的。

3. 廣東話的「頭暈身熱」，普通話應說成「頭暈身體發熱 /
   身體有點兒不舒服」。
   例如：（廣東話）買咗醫療保險，萬一有 D 頭暈身熱就
   　　　唔使怕啦！
   　　　（普通話）買了醫療保險，萬一身體有點兒不舒服
   　　　就不用怕了。

4. 廣東話的「心郁郁」，普通話應說成「動了心」。
   例如：（廣東話）我都心郁郁想買年金保險。
   　　　（普通話）我也（動了心）想買年金保險。

5. 廣東話的「諗住」，普通話應說成「打算」。
   例如：（廣東話）我諗住買咗醫療保險同人壽保險先，遲
   　　　D 先至買年金保險。
   　　　（普通話）我打算先買醫療保險和人壽保險，遲一
   　　　點兒再買年金保險。

五、小笑話  11-05.mp3

甲： 香港沒有天然「妓院」，所以我們要靠金融業。

乙： 什麼？妓院？內地也沒有啊！

甲： 不是「妓院」，是「機緣」。

乙： 應該是資源。

甲： 噢！原來是資源。

六、聽錄音，朗讀句子。 11-06.mp3

1. wǒ shēn biān zuò bǎo xiǎn de rén yuè lái yuè duō le
   我 身 邊 做 保 險 的 人 越 來 越 多 了。

2. kuà jìng mǎi bǎo xiǎn yuè kùn nan lái tóu bǎo de rén jiù yuè duō
   跨 境 買 保 險 越 困 難，來 投 保 的 人 就 越 多。

3. zuò guò dà xíng shǒu shù de huà gòu mǎi zhòng jí xiǎn huì bǐ jiào
   做 過 大 型 手 術 的 話，購 買 重 疾 險 會 比 較
   kùn nan
   困 難。

4. wèi zǐ nǚ gòu mǎi jiào yù bǎo xiǎn shì xǔ duō gāo jìng zhí kè hù
   為 子 女 購 買 教 育 保 險 是 許 多 高 淨 值 客 戶
   de gòng tóng xuǎn zé
   的 共 同 選 擇。

5. jí shǐ nín zài nèi dì yě kě yǐ qù wǒ men rèn yì yì jiān xié yì
   即 使 您 在 內 地，也 可 以 去 我 們 任 意 一 間 協 議
   yī yuàn kàn bìng
   醫 院 看 病。

6. tīng shuō nǐ lián yè wèi wǒ xiě hǎo le jì huà shū zhēn shì tài gǎn
   聽 說 你 連 夜 為 我 寫 好 了 計 劃 書，真 是 太 感
   xiè le
   謝 了。

7. 我們作為全香港擁有最多物業的保
險公司，實力肯定是有保障的。

8. 一收到您的文件，我就立刻幫您申請
理賠。

9. 我對你們的「充裕未來」計劃挺感興趣的。

10. 我們既要專業又要貼心，才能贏得客戶
的信賴。

七、請回答下列問題。

1. 你知道哪些大型保險公司？他們是怎麼宣傳品牌的？

2. 選擇保險時，你更看重整體品牌還是個別條款？

3. 醫療、教育、儲蓄等不同類型的商業保險，你會怎樣選擇
購買順序？

4. 保險從業者常常需要將光鮮的生活展示在社交平台，你怎
麼看？

5. 成為一名優秀的保險經紀，你覺得哪些素質必不可少？

6. 為什麼越來越多內地人選擇來香港買保險？

7. 如果公司已有基本保險，你會着重自購哪些保險？

8. 你怎麼評價保險公司鼓勵員工發展下線並獲得提成的商業
模式？

9. 在你看來，全職和兼職保險經紀有什麼不同？
10. 加入保險業可以讓一些人快速累積財富，你覺得它對剛開始工作的年輕人來説是一個好機會嗎？

八、延伸閱讀

香港年金計畫

香港年金公司宣佈，正式推出一項名為「香港年金計劃」的終身年金計劃，65 歲或以上香港永久性居民可於 2018 年 7 月 19 日起的三周內登記認購，全港 20 家零售銀行的約 700 間指定分行均可受理。據瞭解，該計劃是一種保險產品，以市場機制和穩健商業原則運作，受保人一次性繳付保費後，即可自下個月份起享有保證定額的收入，按月支付，直至終身。

香港人的人均壽命越來越長，需要為長遠開支做好準備。香港年金計劃為退休人士提供了一項新的理財選擇，可以説明他們將部分積蓄轉換成可靠、穩定的定期收入，安心地享受退休生活。

香港年金公司主席、香港金融管理局總裁陳德霖表示，金融管理局會全力支援和配合香港年金計劃，除了提供所需資本，也將做好保費的投資管理工作，為該計劃的財務可行性和可持續性提供堅實的基礎。

樓市展望

❯❯ 背景 ❮❮

一家國際調查機構發表題為《14th Annual Demographia International Housing Affordability Survey》報告，顯示全世界有 26 個大都會的樓價達到「嚴重不可負擔」的水準。香港排名「世界第一」。該報告指出，香港樓價的中位數為 619.2 萬元，是香港家庭年收入中位數 31.9 萬的 19.4 倍，也就是說家庭要不吃不喝 19.4 年才能買得起房子。劉女士有意出售自己的房屋。她走進了房地產仲介公司找王經理，以下是他們的對話。

❯❯ 對話 ❮❮ ───── 12-01.mp3

wáng jīng lǐ
王 經 理：

liú nǚ shì nǐ hǎo wǒ tīng shuō nǐ yǒu yì chū shòu
劉 女 士，你 好，我 聽 説 你 有 意 出 售

zì jǐ mù qián jū zhù de sān shì yì tīng de fáng
自 己 目 前 居 住 的 三 室 一 廳 的 房

zi qǐng wèn nín xīn mù zhōng de jià gé shì duō shao
子，請 問 您 心 目 中 的 價 格 是 多 少

ne wǒ zhè biān xiàn zài yǒu jǐ ge dǎ suan mǎi fáng
呢？我 這 邊 現 在 有 幾 個 打 算 買 房

zi de kè rén
子 的 客 人。

liú nǚ shì
劉 女 士：

wáng jīng lǐ nǐ hǎo bù hǎo yì si a wǒ xiàn zài
王 經 理 你 好，不 好 意 思 啊，我 現 在

bù dǎ suan mài le xiāng gǎng de lóu shì xiàn zài
不 打 算 賣 了，香 港 的 樓 市 現 在

這麼旺，樓價應該還會繼續上漲，我想先出租，看看形勢再決定是否賣。

王經理：哦！這樣啊，沒關係！不過我認為現在的行情已經是很難得了，香港的樓價升了這麼久，你會不會擔心樓市泡沫即將破裂呢？

劉女士：是有這個可能性，不過香港的樓價近十年來漲勢喜人，而且香港地少人多，再加上現在和內地的合作越來越緊密，我相信香港房子的需求量還是相當大的，短期內樓價應該還是會繼續上漲。我決定再等等看。

wáng jīng lǐ　　hǎo de　liú nǚ shì　nà rú guǒ nín jué dìng yào chū
王 經 理：　好 的，劉 女 士，那 如 果 您 決 定 要 出

shòu fáng zi de huà　　kě yǐ suí shí dǎ gěi wǒ
售 房 子 的 話，可 以 隨 時 打 給 我。

liú nǚ shì　　hǎo de　méi wèn tí
劉 女 士：　好 的，沒 問 題！

一、語音知識：輕聲和兒化韻的辨析

1. 輕聲：普通話中的有些字讀起來又輕又短，不僅音節弱化，
   聲調也非常模糊，因此被稱為輕聲。但它並不成為一個獨
   立的聲調，在拼寫時也不用標調號。普通話中常常弱讀為
   輕聲的幾類詞包括有詞尾、疊詞、助詞、補語等。例如：

   房子 (fángzi)　　　兒子 (érzi)　　　他們 (tāmen)
   我們 (wǒmen)　　　裡頭 (lǐtou)　　　石頭 (shítou)
   尾巴 (wěiba)　　　怎麼 (zěnme)　　好的 (hǎo de)
   漸漸地 (jiànjiàn de)　　　　　看得遠 (kàn de yuǎn)
   帶着 (dàizhe)　　去過 (qùguo)　　說起來 (shuō qilai)
   聽聽 (tīngting)　　試試 (shìshi)

   當然，還有很多不規則的輕聲詞。例如：
   先生 (xiānsheng)　　　　　朋友 (péngyou)
   名氣 (míngqi)　　　　　　行李 (xíngli)
   月亮 (yuèliang)　　　　　窗戶 (chuānghu)

注意： 有些詞語讀原調和輕聲時的詞性或詞義不同，要注
意區別。例如：

東西 (dōngxī)（東方和西方）
　　　 (dōngxi)（泛指各種事物）
地方 (dìfāng)（與中央相對）
　　　 (dìfang)（指空間的一部分）
男人 (nánrén)（男性）　　　(nánren)（丈夫）
花費 (huāfèi)（動詞）　　　(huāfei)（名詞）
買賣 (mǎimài)（動詞）　　　(mǎimai)（名詞）

2. 兒化韻：也稱為兒話音，是某些詞語的後綴「兒」和它前
一音節的韻母結合成為一個音節，並且使這個韻母帶上捲
舌音色的一種特殊音變現象。兒化韻的功能包括有區分詞
性和詞義，例如：

（1） 對 (duì)：（形容詞）正確
　　　 對兒 (duìr)：（量詞）兩個一組
（2） 蓋 (gài)：（動詞）覆蓋
　　　 蓋兒 (gàir)：（名詞）覆蓋在器物上的東西
（3） 空 (kòng)：（動詞）騰地方，使空
　　　 空兒 (kòngr)：（名詞）空閒的地方和時間
（4） 早點 (zǎodiǎn)：（名詞）早飯
　　　 早點兒 (zǎodiǎnr)：（副詞）早一些

兒化韻還可以表達短小、輕微、親切、輕鬆等語氣和感情色彩。例如：

小孩兒 (xiǎoháir)　　有趣兒 (yǒuqùr)　　一會兒 (yíhuìr)

早早兒 (zǎozāor)　　數數兒 (shǔ shùr)　　沒事兒 (méi shìr)

二、語音練習

1. 請朗讀下面的詞語，注意兒化韻的發音：

畫畫兒　　　飯館兒　　　蛋黃兒

一塊兒　　　胡同兒　　　加油兒

玩意兒　　　香味兒　　　台階兒

2. 請劃出句子裡的兒化韻，並朗讀下列句子：

（1）大夥兒都來了，有的唱歌兒，有的聊天兒，玩兒得可高興了。

（2）這些小孩兒不喜歡數數兒，喜歡唱兒歌。

（3）這不是老頭兒的電話號碼兒，是他兒子的。

三、容易讀錯的詞和字 12-03.mp3

qǐ gài 乞丐	——	hēi yī 黑衣
kū nào 哭鬧	——	kǔ yào 苦藥
shè huì 社會	——	shè jiàn 射箭
máo dùn 矛盾	——	máo dòu 毛豆
shí tou 石頭	——	shī tú 師徒
chū shòu 出售	——	chū shǒu 出手
jì xù 繼續	——	jì zhù 記住
lóu jià 樓價	——	liú xià 留下
shàng zhǎng 上漲	——	shàng jiàng 上將
suí shí 隨時	——	chú shī 廚師

四、普通話詞彙及知識點

1. 廣東話的「呢層樓」、「實用率」，普通話應説成「這套房子」和「得房率」。
   例如：（廣東話）呢層樓嘅實用率有八成喫！
   （普通話）這套房子的得房率有百分之八十。

2. 廣東話的「俾首期」，普通話應説成「付首付／首付款」。
   例如：（廣東話）首期要俾幾多？
   （普通話）首付款要付多少？

3. 廣東話的「大單位」，普通話應説成「大戶型」。
   例如：（廣東話）買大單位升值潛力高 D。
   （普通話）買大戶型升值潛力高一點兒。

4. 廣東話的「浴室」，普通話應説成「衛生間」。
   例如：（廣東話）呢個單位有兩個浴室。
   （普通話）這套房子有兩個衛生間。

5. 廣東話的「工人房」，普通話應説成「保姆間」。
   例如：（廣東話）呢層樓有冇工人房？
   （普通話）這套房子有沒有保姆間？

五、小笑話  12-05.mp3

甲： 你幫我看一下這本説明書。

乙： 等一會兒，我剛「學洗碗」。

甲： 為什麼你要學洗碗？洗碗還要學嗎？

乙： 不是「學洗碗」，是「學習完」，學習，study。

甲： 噢！原來是學習完。

六、聽錄音，朗讀句子。 12-06.mp3

zhè tào fáng zi zhǐ zū bú mài
1. 這 套 房 子 只 租 不 賣。

wǒ jué de xiāng gǎng de lóu shì jī hū méi yǒu pào mò
2. 我 覺 得 香 港 的 樓 市 幾 乎 沒 有 泡 沫。

xué qū fáng jí shǐ yǒu qián yě bù yí dìng mǎi de dào
3. 學 區 房 即 使 有 錢 也 不 一 定 買 得 到。

zhù fáng duì yú rén kǒu mì jí de chéng shì lái shuō shì gāng xū
4. 住 房 對 於 人 口 密 集 的 城 市 來 説 是 剛 需。

xiàn zài de shì chǎng háng qíng bǐ xiàn gòu zhī qián chà duō le
5. 現 在 的 市 場 行 情 比 限 購 之 前 差 多 了。

fáng wū chéng jiāo liàng zhèng zài huǎn màn huí shēng
6. 房 屋 成 交 量 正 在 緩 慢 回 升。

lóu shì de duǎn qī bō dòng gǎi biàn bù liǎo cháng qī shàng zhǎng
7. 樓 市 的 短 期 波 動 改 變 不 了 長 期 上 漲
de qū shì
的 趨 勢。

8. 地 鐵 開 通 以 後 ， 這 一 片 的 房 價 也 會 水 漲
   dì tiě kāi tōng yǐ hòu　zhè yí piàn de fáng jià yě huì shuǐ zhǎng
   船 高 。
   chuán gāo

9. 房 東 再 加 租 的 話 ， 我 們 就 只 能 搬 走 了 。
   fáng dōng zài jiā zū de huà　wǒ men jiù zhǐ néng bān zǒu le

10. 買 家 一 觀 望 ， 房 源 就 沒 了 。
    mǎi jiā yì guān wàng　fáng yuán jiù méi le

七、請回答下列問題。

1. 香港的樓市泡沫短期內會破裂嗎？為什麼？

2. 在香港買房投資是不是好方法？

3. 對年輕人來說，租房划算還是買房划算？

4. 你如何看待對非永久居民徵收的額外購房印花稅？

5. 你覺得香港為什麼高居世界「房價工資比」第一名？

6. 以上海為例，內地和香港的樓市主要有哪些不同特點？

7. 請說說你對香港未來房價的看法？

8. 你覺得「多買一套房養老」的思路可行嗎？

9. 新樓盤和二手房各有什麼優點和缺點？

10. 假設你是房屋中介，請試着勸說業主出售手中的房子。

八、延伸閱讀

全球樓價普遍上升

　　人們可能認為香港是亞洲樓價增速最快的地方，其實第一名是印度。在過去五年內，香港樓價上漲了 65%，而印度樓價上漲了 70%。膨脹的人口、快速發展的經濟和擁擠的城市，正使印度核心城市的房價飆漲。

　　據 Knight Frank 研究公司近日發佈的報告，在 2012-2017 五年核心樓價中，印度以 69.7% 的增速排名亞太地區第一。其次是香港（65%）、新西蘭（54%）、澳洲（43%）和馬來西亞（41%）。投資日本和新加坡房地產的人最慘，將分別虧損 4.5% 和 5.6%。

　　印度樓價上漲的原因主要有兩個：一個是人口不斷增加，2016 年的數據顯示人數達 13.26 億人；另一個是經濟發展較快，人口快速向新德里、孟買、加爾各答等主要城市集中，致使這些城市的樓價飆升。

　　不過，香港樓價最近增速確實驚人。在 12 個月內核心房價增速榜中，香港以 21.1% 的增速排名亞太第一，全球第二，僅次於北歐國家冰島。據華爾街見聞此前提及，香港樓價快速上漲，和香港人多地少、政府批准的土地供應不充足、大陸資金瘋狂湧進推高樓價有關。

本文來自華爾街見聞（微信 ID：wallstreetcn），作者唐晗。

作者

程曉倩　靳劍　楊虹　楊煜

編輯

吳春暉

美術設計

Carol Fung

出版者

萬里機構出版有限公司

香港鰂魚涌英皇道1065號東達中心1305室

電話：2564 7511

傳真：2565 5539

電郵：info@wanlibk.com

網址：http://www.wanlibk.com

　　　http://www.facebook.com/wanlibk

發行者

香港聯合書刊物流有限公司

香港新界大埔汀麗路 36 號

中華商務印刷大廈 3 字樓

電話：2150 2100

傳真：2407 3062

電郵：info@suplogistics.com.hk

承印者

中華商務彩色印刷有限公司

香港新界大埔汀麗路 36 號

出版日期

二零一八年十一月第一次印刷

萬里機構

萬里 Facebook